TOM ANGLEBERGER

V&R
EDITORAS

Título original: *The Strange Case of Origami Yoda*
Traducción: Silvina Poch • Adaptación: Cristina Alemany
Edición: Roxanna Erdman • Revisión: Soledad Alliaud
Armado: Marianela Acuña
Ilustraciones: Tom Angleberger
Ilustraciones de cubierta y preliminares: Tom Angleberger
y Jason Rosenstock

© 2012 V&R Editoras • www.vreditoras.com

Argentina: Demaría 4412 (C1425 AEB) Buenos Aires
Tel./Fax: (54-11) 4778-9444 y rotativas
e-mail: editorial@vreditoras.com

México: Av. Tamaulipas 145, Colonia Hipódromo Condesa
CP 06170 - Delegación Cuauhtémoc, México D. F.
Tel./Fax: (5255) 5220-6620/6621 • 01800-543-4995
e-mail: editoras@vergarariba.com.mx

ISBN: 978-987-612-504-8

Impreso en Argentina por Triñanes
Printed in Argentina

Diciembre de 2012

Angleberger, Tom
El extraño caso de Yoda Origami. - 1a ed. -
Ciudad Autónoma de Buenos Aires: V&R, 2012.
160 p.: il.; 21x14 cm.
Traducido por: Silvina Poch
ISBN 978-987-612-504-8
1. Narrativa Infantil y Juvenil Estadounidense.
2. Novela. I. Poch, Silvina , trad. II. Título
CDD 813.928 2

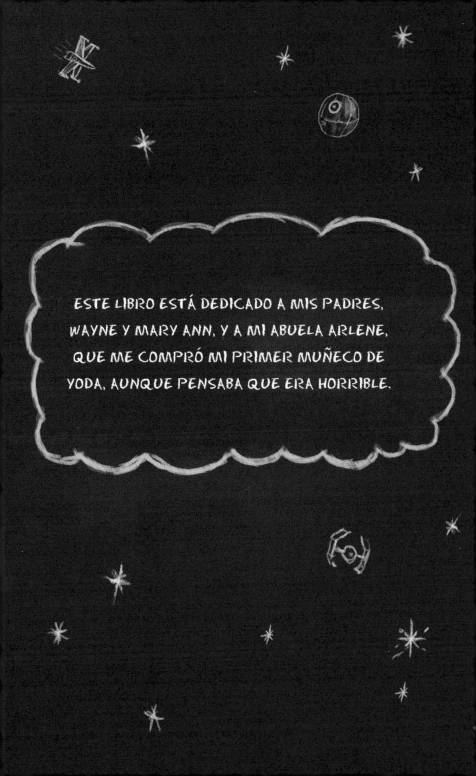

ESTE LIBRO ESTÁ DEDICADO A MIS PADRES,
WAYNE Y MARY ANN, Y A MI ABUELA ARLENE,
QUE ME COMPRÓ MI PRIMER MUÑECO DE
YODA, AUNQUE PENSABA QUE ERA HORRIBLE.

YODA ORIGAMI Y DWIGHT

POR TOMMY

La gran pregunta: ¿Yoda Origami es real?

Bueno, claro que es real. Se trata de un títere de dedo de verdad, hecho con un pedazo de papel de verdad.

Pero lo que quiero decir es esto: ¿Es REAL? ¿Realmente sabe cosas? ¿Puede ver el futuro? ¿Utiliza la Fuerza?

¿O se trata simplemente de un truco que engañó a muchos alumnos de la Escuela McQuarrie?

Para mí, es muy importante descubrir si es real, porque tengo que decidir si debo seguir sus consejos o no y, si elijo mal,

¡estoy perdido! Todavía no quiero entrar en ese asunto, de modo que, por el momento, solo digamos que se trata de Sara —una chica muy especial— y si debo o no arriesgarme a hacer el ridículo por ella.

Yoda Origami dice que lo haga, pero si él estuviera equivocado... sería una humillación total.

Por lo tanto, tengo que averiguar si es real. Necesito respuestas seguras, pruebas científicas. Por eso les pedí a todos aquellos que recibieron ayuda de Yoda Origami que contaran sus historias y luego las reuní en este documento. Quién sabe: si alguna vez los científicos decidieran estudiar a Yoda Origami, tal vez este archivo podría resultarles útil.

Para que el trabajo tuviera una base realmente científica, le pedí a mi amigo Harvey que comentara cada una de las historias. Él jamás creyó ni por casualidad que Yoda Origami fuera real, y no ha cambiado de parecer. De hecho, afirma que está completamente seguro de que no es más que "una bola de papel verde". Por lo tanto, intentó encontrar una "explicación lógica" a todas las cosas raras que sucedieron.

Y luego yo también agregué un comentario: al fin y al cabo, soy el que está tratando de resolver toda esta cuestión.

Kellen, mi otro amigo, también quiso ayudar, así que le presté el archivo. En vez de añadir algo útil, ¡solo se dedicó a llenarlo de garabatos! Al principio me pareció una locura, pero en verdad, algunos de los garabatos se asemejaban bastante a ciertas personas de la escuela, así que decidí dejarlos.

De todas maneras no tengo tiempo de hacerlo, ya que debo analizar lo escrito y tomar una decisión: Yoda Origami, ¿es real o no?

Ah, cierto, casi se me olvidaba algo: Dwight.

Es el chico que va a todas partes con Yoda Origami en un dedo.

Lo más extraño de todo es que Yoda es muy sabio, mientras que Dwight es un tipo completamente ridículo y patético. Y no lo digo como un insulto: es un hecho.

Dwight nunca hace nada bien. Siempre está en problemas, los demás chicos siempre lo molestan, siempre se mete el dedo en la nariz y, como dicen los maestros, siempre encuentra la forma de "arruinarles la vida a todos".

Si solo prestara atención a la sabiduría de Yoda Origami, como el resto de nosotros, su vida sería muy fácil.

Pero no; en vez de eso vomita en clase después de devorarse trece porciones de duraznos en almíbar en el almuerzo, o le roba el zapato a una compañera o usa pantalones cortos con los calcetines arriba de las rodillas.

Hasta se las ingenia para convertir sus virtudes en defectos. Él es el gran maestro de origami en la escuela. Primero hizo grullas y ranas y todo eso, pero luego comenzó a inventar sus propias creaciones. Yoda Origami no es solamente una perfecta versión de Yoda, sino también un diseño original de Dwight.

Por supuesto que no fue el primero al que se le ocurrió la idea. Hay una gran cantidad en Internet. Pero Dwight no copió las instrucciones: él creó su propio Yoda Origami.

Sin embargo, una cosa es hacer un Yoda de papel y otra muy distinta pedirle a la gente que le hable. Eso es lo que lo convierte en un tonto. No puedes deambular por la escuela con un Yoda de papel en el dedo que le habla a las personas.

Estoy seguro de que, si al menos lo escuchara, hasta el mismo Yoda Origami se lo diría.

De cualquier manera, aquí va la primera historia, que resulta ser acerca de una chica (no LA chica) y muestra lo bueno que es escuchar lo que Yoda tiene para decir.

YODA ORIGAMI
Y LA NOCHE DE FIESTA

POR TOMMY

Era la Noche de Fiesta del mes de abril de la Asociación de Padres y Maestros: el baile mensual en la cafetería de la escuela.

Todos asisten a la Fiesta de la APM. Ignoro la razón. Ni siquiera sé por qué voy. La odio. Y lo mismo les ocurre a varios que, como yo, no bailan ni coquetean ni hacen Demostraciones de Afecto en Público.

En un extremo, la cafetería tiene un escenario para las reuniones. Y si no deseas bailar, puedes sentarte en el borde.

Algunos danzan, otros dan vueltas por el lugar. Nosotros nos sentamos en el borde del escenario.

En general, somos tres: Kellen, Harvey —mis mejores amigos— y yo. Harvey es el alto que siempre tiene esa sonrisita presumida dibu- jada en el rostro; Kellen es el flaco que trata de hacerse el interesante moviendo la cabeza al compás de la música, y yo soy el bajito con ese pelo que es tan difícil mantener peinado.

Y luego están Lance, Mike y Quavondo. Ellos se ubican en el escenario porque casi nadie les habla. ¿La razón? Lance es raro, Mike llora todo el tiempo y Quavondo es el famoso Glotón: son marginados sociales. No entiendo por qué vienen a la Noche de Fies- ta, ya que tienen menos probabilidades que yo de bailar con una chica.

Algunas chicas también se sientan ahí, como Cassie y Caroline. Supongo que es por- que son tímidas o algo así. Me parece que ni siquiera hablan entre ellas.

Y, como no podía ser de otra manera, está Dwight. Sé que ya tenemos aspecto de *nerds*

¡Viva! Por fin llegó...

LA FIESTA DEL LEJANO OESTE

en la Escuela McQuarrie.
Será una noche de esparcimiento y diversión,
¡¡prepárense para bailar y zapatear!!

Dónde: la música en la Cafetería y el baloncesto en el Gimnasio
Cuándo: viernes 6 de abril a las 7 pm
Cuánto: 2 dólares o una lata de comida envasada

sentados así en el borde del escenario, pero Dwight logra que nos veamos peor todavía. En la fiesta del mes pasado, de repente decidió que quería bailar y comenzó a pegar unos extraños saltos por todo el salón.

Pero no crean que ahí terminó todo. Chocó con Jennifer, una chica muy popular, que llevaba una bebida en la mano y se la derramó en el piso.

Y la cosa empeoró. Dwight le dijo: "Yo lo limpio", se echó al suelo y se arrastró sobre la panza. Luego se puso de pie con la camiseta toda mojada y siguió bailando.

Aunque no lo crean, se puso todavía peor, porque después le preguntó a Jennifer: "Señorita, ¿me concedería esta pieza?". Y, después de que ella le respondiera: "Ni en sueños", se encaminó hacia donde nos hallábamos nosotros... ¡mientras todo el mundo lo observaba!

—Amigo, nos estás haciendo pasar una vergüenza —le dijo Harvey—. ¿Cómo se te ocurre hablarle? Nadie va a bailar contigo jamás. ¿Por qué no te calmas?

—¿Quieres decir que me quede aquí, sin hacer nada, como ustedes? —preguntó Dwight—. Está bien.

Entonces se quedó petrificado en el lugar y no se movió durante el resto de la noche. Cuando me fui, continuaba de pie en el mismo sitio.

Por lo que sé, esa fue la única vez que alguno de los del grupo del escenario se atrevió a preguntarle a una chica si quería bailar. Y no es que no queramos. De hecho, nos pasamos casi todas las Noches de Fiesta discutiendo si deberíamos hacerlo y deseando que alguna chica se acerque a nosotros y nos saque a bailar. (Una vez casi logro que Kellen se lo pida a Rhondella, pero su madre vino a buscarlo justo cuando estaba a punto de hacerlo).

Esta vez, Kellen y Harvey estaban intentando convencerme de sacar a bailar a Hannah, que deambulaba entre el escenario y la mesa de la comida.

—Está sola —comentó Kellen.

—Sí, y estoy seguro de que le gustas —agregó Harvey.

Yo sé que no debo confiar en Harvey, pero tenía ganas de probar. Lo que quiero decir es que Hannah no es la chica que más me gusta; la que más me gusta es Sara. Y a ella sí que no me atrevería nunca a invitarla a bailar.

Pero Hannah siempre ha sido muy buena conmigo, y tal vez aceptaría. Entonces Sara nos vería bailando, se pondría celosa y también querría bailar conmigo, ¡y me sacaría a bailar y me ahorraría ese momento!

Después de pasarme tantas noches mirando a los demás, la sola idea de pedirle de una vez por todas a una chica que bailara conmigo me estaba resultando tentadora... aunque no se tratara de Sara: igual era una chica y sería bailar. (¡Gracias a Dios en la Noche de Fiesta de la APM nunca ponen música lenta de esa en la que hay que tocarse!) Me temblaban las manos y el estómago me daba vueltas como la vez que papá chocó por accidente contra una toma de agua contra incendios.

Sí, pensé, *esta es mi oportunidad. Voy a hacerlo.*

Ya había empezado a caminar hacia Hannah, cuando Dwight bajó de un salto del escenario y me detuvo.

—Es mejor que le preguntes primero a Yoda Origami.

—¿Por qué no regresas a tu agujero? —dijo Harvey—. ¿Acaso no nos avergonzaste lo suficiente la última vez?

—Quizá estoy aquí para impedir que ustedes hagan el ridículo —señaló Dwight. Luego alzó la mano derecha con su Yoda de papel en el dedo—. Pregúntale a Yoda Origami.

Ya todos habíamos visto antes su títere, pero esa era la primera vez que Dwight nos pedía que le habláramos. Se trataba de un momento histórico, pero entonces yo no lo sabía.

—¿Puedes guardar eso? —exclamó Harvey—. Nos estás haciendo quedar a todos como estúpidos.

—Bueno —respondió Dwight, y comenzó a alejarse—. Solo pensé que a Tommy no le vendría mal un poco de ayuda.

—Él necesita toda la ayuda que pueda conseguir —intervino Kellen—. ¿Qué le aconsejas?

—Yo no tengo ningún consejo que darle —contestó Dwight—. Pero Yoda Origami sí.

Luego Dwight agitó el títere de dedo e hizo una voz rara y chillona para decir: "Apresurarse los tontos suelen".

—¿Se supone que así habla Yoda? —preguntó Harvey—. Esta es la peor imitación que he escuchado en toda mi vida. Así es como suena Yoda... —y comenzó a repetir todas las frases de Yoda de cada una de las películas de *La Guerra de las Galaxias*.

Kellen y yo lo ignoramos y tratamos de descifrar el consejo.

—Yoda siempre confunde el orden de las palabras —señalé—, así que les apuesto a que en realidad quiso decir "Los tontos suelen apresurarse". Lo cual significa que yo sería un tonto si fuera corriendo hacia Hannah y le preguntara si quiere bailar.

—Sí, estoy de acuerdo —repuso Mike. Él, Quavondo y todos los chicos que se encontraban en el escenario estaban escuchando. La situación se estaba volviendo realmente bochornosa.

—¿Quieres decir que Tommy no debería hacerlo? —preguntó Cassie.

—Yo no digo nada —respondió Dwight—. Yoda Origami es el que habla.

—Esa es la estupidez más grande del mundo —afirmó Harvey, que finalmente había dejado de imitar a Yoda—. Tommy, si te pierdes la ocasión de bailar con Hannah por la bola de papel verde de Dwight, eres un Súper Tonto. Ve a preguntarle.

—Espera un momento —insistí—. No es necesario que me APRESURE.

—Uy, amigo; me parece que estás buscando una excusa para actuar como un cobarde —me presionó Kellen—. ¡Ve a invitarla a bailar!

—¡Espera un momento!

En ese instante, Mark, un chico de séptimo grado que mide como sesenta centímetros más que yo, se acercó a Hannah y ella prácticamente se abalanzó sobre él. Y se besaron ahí mismo, en el comedor, lo cual es una Demostración de Afecto en Público totalmente contraria a las reglas y, además, desagradable de presenciar.

—Qué bueno que escuchaste a Yoda Origami —dijo Dwight.

¡Sí, qué bueno! Realmente genial. ¿Se imaginan si ese grandote se hubiera acercado cuando yo le estaba preguntando si quería bailar conmigo? Viejo, ella me habría arrojado al suelo con tal de llegar hasta él, y yo habría sido el hazmerreír de la fiesta. Harvey se habría vuelto loco con sus carcajadas de burro. Hasta Kellen se habría muerto de la risa.

Así que, básicamente, ¡Yoda Origami me salvó la vida!

Ahí fue cuando comencé a prestarle atención y, con el tiempo, mucha más gente también lo hizo.

Comentario de Harvey

¡Oh, sí, oh, sí creo! ¡Creo en la Bola de Papel! ¡Buuu!

Creo que es un verdadero, real y genuino pedazo de papel encajado en el extremo del dedo verdadero, real y genuino de Dwight. Y creo también que Dwight es el chiflado más grande, verdadero, real y genuino que he conocido en toda mi vida.

¿Y quieren saber si creo que la Bola de Papel tiene poderes mágicos? Por supuesto que no. Qué estupidez.

Incluso el verdadero Yoda no es real. En algunas películas es un títere, y en otras solamente un muñeco computarizado.

Y aunque Yoda fuera real, vive "en una galaxia muy, muy lejana". Creo que tiene cosas más importantes que hacer que decirle a Tommy que no haga el ridículo.

Y hablando de eso, ¿recuerdan el consejo de Yoda? ¿"Apresurarse los tontos suelen"? Mi padrastro me dijo que "Los tontos se apresuran" ("fools rush in") es una canción que Elvis Presley cantó hacia 1960.

Mi comentario: Está bien, Dwight es raro, eso ya lo mencioné. Pero su consejo fue muy pero muy bueno. Y Yoda no es una bola de papel: es un origami y se parece mucho a Yoda.

De todos modos, no sé si Harvey tiene razón o no. Lo que quiero decir es que aunque no creo en la magia, Yoda Origami ha hecho algunas cosas realmente increíbles. Poco antes de ayudarme a mí, salvó a Kellen de quedar como un verdadero tonto.

YODA ORIGAMI
Y LA MANCHA VERGONZOSA

POR KELLEN

Muy bien... eh... yo soy Kellen... Esteee... Tommy me pidió que escribiera lo que sucedió con Yoda Origami, pero yo, como que odio escribir. Eso de tener que anotar un montón de cosas se parece demasiado a la tarea de la escuela. Y redactar oraciones enteras y todo eso. No gracias, amigo. Entonces lo que voy a hacer es grabarlo en este... eh... aparato para grabar, y luego Tommy lo va a transcribir. Así que... eh... supongo que puedes editar donde digo... *eh*... y cosas así.

GRABADORA

Esto fue lo que me ocurrió: antes de entrar al aula, estaba en el baño y vi que alguien –probablemente Harvey– había escrito "Kellen toma pis" en la pared del baño, así que me incliné sobre el lavabo para borrarlo, y yo llevaba unos pantalones color café claro y se empaparon justo en la parte de adelante.

ANTES

De verdad se veían como si me hubiera hecho pis en los pantalones. Terrible. Intenté cubrir la mancha con la camiseta, pero justo llevaba una muy pequeña de Scooby-Doo y no era lo suficientemente larga como para tapar la parte con pis, que como ya sabemos, realmente no era pis, claro.

Lance también se encontraba allí.

–Viejo –me dijo–, se te ve toda la mancha de pis.

–¡Lance! Tú viste que esto no es pis, ¿verdad? Es solo agua del lavabo.

–Sí, amigo, yo lo vi, ¡pero definitivamente parece que te hubieras hecho pipí en los pantalones!

–Pero tú les dirás a todos la verdad, ¿no es cierto?

–¿Qué quieres que haga? ¿Que te siga a todos lados explicándole a la gente: "Aunque es EXACTAMENTE igual a una mancha de pis, no es pis"?

¡Y justo en ese momento sonó el primer timbre para regresar a clases! Eso significaba que tenía un minuto para llegar al aula.

Era imposible secar los pantalones en un minuto y no podía ir a la sala con una gigantesca mancha de pis que en realidad no era pis.

En primer lugar, Harvey está en la misma clase que yo, y ustedes ya saben que cuando ocurren cosas como esta, se comporta como un idiota y seguro que diría algo en voz alta y todos me observarían. Incluso aquellos que normalmente me ignoran. Y algo todavía peor: Rhondella también está conmigo y lo último que deseaba era que ella me viera con una mancha de pis que, como ustedes ya saben, no era realmente pis.

Entonces se me ocurrió una idea.

–Escucha, Lance, ¿puedes ir deprisa al aula y traerme el abrigo? Pienso que es lo suficientemente largo como para ocultar la mancha.

—No hay tiempo, viejo; jamás lograría volver acá y regresar a la clase en un minuto. ¡Lo cual me recuerda que ya es hora de ir al aula! ¡Te quedan unos cuarenta segundos! Nos vemos.

Y se fue. Muchas gracias, Lance.

En este instante ustedes estarán pensando: "¿Cuál es el problema? Que llegue a la clase un poco más tarde". Gran idea, si no fuera porque por diversas razones este año he llegado un poco tarde unas veinte veces y el señor Howell dijo que la próxima vez tendría que pasar el resto del día en SI. (Eso significa Suspensión Interna y es lo más aburrido que se pueden imaginar.) Además, cada vez que me envían ahí, la directora Rabbski les manda una nota a mis padres y me quedo sin *Playstation* por dos semanas.

SR. HOWELL

Por lo tanto debía tener los pantalones secos en cuarenta segundos, solo que físicamente era imposible lograrlo.

Luego Dwight emergió de uno de los cubículos.

(Parecería que cada vez que entro al baño, él está ahí dentro.)

—Dwight, mira mis pantalones. ¿Se te ocurre algo?

—Lo primero que se me ocurre es que te los mojaste con pis.

—No, no fue así. Y lo que quise decir es si se te ocurre alguna idea para ayudarme.

—No —repuso y luego alzó a Yoda Origami, que se hallaba en su dedo—. Pero a Yoda tal vez sí.

—Como sea —agregué.

Entonces Dwight hizo su voz de Yoda y debo reconocer que Harvey tiene razón en que se trata de la peor imitación del mundo. La mía es mucho mejor.

Pero, de todas maneras, Yoda afirmó:

—Todos los pantalones mojar debes.

—¿Qué?

—Creo —anunció Dwight con su voz normal— que quiere decir que tienes que mojarte todo el pantalón para que ya no parezca una mancha de pis.

Y a continuación él también se marchó a clases.

Abrí el grifo y me empapé todo: los pantalones y también la camiseta.

Después me fui corriendo al aula y llegué justo antes de que el señor Howell cerrara la puerta.

—Kellen, ¿debería acaso preguntarte por qué estás todo mojado? —exclamó el maestro.

—No —respondí y me senté rápidamente. Se quedó perplejo, pero comenzó a pasar lista.

Después tenía Educación Física, de modo que pude usar los pantalones de gimnasia durante el resto del día.

DESPUÉS
DEL
DESPUÉS

Todos se preguntaron por qué estaba mojado, y claro que tuve frío y me sentí incómodo durante un rato, pero lo importante es que no me enviaron a la dirección ni me prohibieron la *Playstation* durante dos semanas y nadie —incluso Rhondella— pensó que me había hecho pis en los pantalones.

¡Ahí fue cuando comprendí que Yoda Origami era real! ¡Tiene la sabiduría de los Jedi!

SABIO →

Qué sarta de disparates. Si la Bola de Papel fuera real —que no lo es— seguramente se le ocurriría algo mejor que ir a la clase con los pantalones empapados. El verdadero Yoda los habría secado con la mente o algo parecido.

Además, tengo que destacar que, según la historia de Kellen, Dwight salió de un baño con la Bola de Papel en el dedo. Amigos, ¡eso es realmente asqueroso!

Mi comentario: Estoy de acuerdo en que la solución no fue perfecta, pero no se me ocurre nada mejor. Recuerden que Kellen solo contaba con unos pocos segundos. Creo que fue un buen consejo y seguramente mejor que cualquier cosa que Dwight hubiera podido imaginar.

Eso es lo que me resulta realmente asombroso. ¡Dwight parece un zombi últimamente! Vaga por la escuela con los zapatos desatados y el cabello despeinado. Siempre obtiene notas malísimas y con frecuencia va a parar a la dirección por llegar tarde o quedarse dormido en clase o cosas así. Y, ADEMÁS, llega al aula con manchas extrañas en su ropa.

Si él te diera un consejo, sería una calamidad. Pero si le pides que Yoda te aconseje, recibes algo genial. Por eso creo que Yoda Origami debe ser real.

Por ejemplo, la historia que sigue es sobre sóftbol. Los dos peores jugadores de sóftbol de nuestra clase de Educación Física —y tal vez del universo— son Dwight y Mike, así que, ¿cómo es posible que Yoda/Dwight le diera tan buenos consejos a Mike?

¿HAN NOTADO CÓMO SE PARECE EL SR. HOWELL A JABBA THE HUTT?

MIKE

YODA ORIGAMI
Y EL JONRÓN

POR MIKE

¡¡¡Yoda Origami me cambió la vida!!!

Es decir, ¿hacía cuánto tiempo que jugar sóftbol en la clase de Educación Física me estaba volviendo loco? Hacía mucho tiempo. Muchiiiiiísimo tiempo. Desde primer grado.

Viejo, lo único que pretendía era pegarle a la maldita pelota, pero nunca lo lograba. Siempre era strike, strike, strike; ocasionalmente algún golpe débil y sin fuerza que se dirigía directamente al estúpido del lanzador, quien le arrojaba la pelota al estúpido de la primera base, quien la atrapaba con toda facilidad y me dejaba afuera del partido.

Y ya que todos en la escuela lo saben, tengo que admitir que después de jugar me ponía a llorar. Pero hay una diferencia entre las lágrimas de tristeza y las mías, que surgían del enojo. Al menos, yo creo que hay una diferencia... aunque nadie más parece estar de acuerdo conmigo.

No dejaba de pensar que si pudiera pegarle una vez o incluso llegar a hacer un jonrón, sería un héroe y todos se olvidarían de mis golpes fallidos y de mi llanto. Sin embargo, esto es lo que pasa en realidad:

LÁGRIMA TRISTE

Esta será mi oportunidad, me digo a mí mismo. *Ya verán, ¡haré que se traguen la pelota de una vez por todas!*

LÁGRIMA ENOJADA

Y luego hago un *swing* y fallo. Luego vuelvo a hacer *swing* y fallo otra vez. Eso me enoja todavía más. En ese instante alzo la vista y compruebo que todos están esperando que vuelva a fallar el golpe. ¡Se sienten los genios del sóftbol! A estas alturas estoy tan enfurecido que si le pegara a la pelota, la enviaría a un kilómetro de distancia. Después fallo por tercera vez y ahí es cuando me enojo tanto que me pongo a llorar.

En primer grado no era tan terrible, pero ahora sí. Es realmente terrible. Todos me conocen como el niño llorón de Educación Física. Y eso no está bien.

Pero entonces, en la fiesta, vi cómo el títere de Dwight salvaba a Tommy. Digamos que Dwight es un chiflado, pero supuse que quizá había logrado conectarse con la Fuerza o algo así. (Yo creo absolutamente en la Fuerza y he pasado mucho tiempo tratando de conectarme con ella.)

Así que un día, durante el almuerzo, me dirigí hacia la mesa donde se encontraban Dwight, Tommy y todos esos chicos y dije:

—Yoda, ¿puedes aconsejarme cómo utilizar la Fuerza para hacer un jonrón?

"¿Deseas un jonrón hacer por qué?" repuso Yoda.

—Bueno, es decir, en realidad lo que quiero es ganar. Esa es la razón por la que juegas un partido, ¿no es cierto?

Yoda no dijo nada, pero se quedó mirándome con sus ojos diminutos.

—Lo que digo es que quiero ser un héroe por una vez en la vida, ¿entiendes? —expliqué—. Estoy cansado de que siempre me dejen fuera.

Yoda seguía observándome en silencio.

—Es que cuando llega mi turno, casi nadie me presta atención. Todos se creen unos genios porque le pegan a la pelota o porque pueden atraparla cuando la reciben. Siempre me gritan y me dicen lo que debo hacer. Ya estoy harto.

Yoda no me quitaba los ojos de encima.

Eché una mirada a Tommy, a Kellen y a todos los demás.

—Chicos, ¿a ustedes no les ocurre lo mismo? ¿No están hartos de que Tater Tot y esos grandotes siempre ganen? Me encantaría demostrarles que no son mejores que yo.

"Mejores que tú ellos son", dijo Yoda.

Todos se echaron a reír.

—¡Cierren la boca! —grité—. ¡Dwight, eres un idiota! ¡Y ustedes también!

Y me marché. Viejo, me sentía muy enojado. ¡Estaba a punto de empezar a llorar!

Entonces me di cuenta de que Dwight me había seguido hasta mi mesa.

—Mike, Yoda no ha terminado —dijo.

—Déjame en paz —exclamé. Lo último que necesitaba era que todos me pusieran atención y me vieran llorando una vez más.

De todas maneras, Yoda habló.

"Tus sentimientos liberar debes, Mike. El odio y la venganza al lado oscuro solo conducen".

Y luego Dwight dio media vuelta y se fue.

Cuando llegó la hora de Educación Física, yo estaba clavado en mi posición habitual sin la ayuda de Yoda Origami. (O, al menos, eso creía.)

Como siempre soy el último, nunca me levanto para batear antes del final de la segunda entrada. Es increíble, porque aunque odio el sóftbol y odio batear, espero mi turno con ansiedad.

De modo que allí estaba yo con el bate y, de pronto, recordé lo que Yoda había dicho acerca de liberar mis sentimientos. *Tal vez tenga un poquito de razón,* pensé.

Tal vez si lograba borrar de mi cerebro todos aquellos pensamientos sobre cuánto detestaba el sóftbol, a Tater Tot, al lanzador, al equipo contrario completo y a la entrenadora Toner, desaparecería el lado oscuro de la Fuerza y el lado bueno me ayudaría a golpear la pelota de la misma manera que ayudó a Luke a destruir a la Estrella de la Muerte.

¡SIENTE LA FUERZA, MIKE!

La pelota pasó zumbando a mi lado y ni siquiera atiné a mover el bate.

—Strike uno —anunció la entrenadora Toner, nuestra maestra de Educación Física, que hacía de árbitro.

Traté de mantener la calma. Aun cuando hubiera intentado pegarle, probablemente habría fallado.

Pasó una bola más.

—Bola uno —dijo la entrenadora Toner.

No había nada por lo cual enojarse. Era la primera vez que tenía la oportunidad de volver a batear. Normalmente lo único que hacía era sacudir el bate hacia todos lados a causa del nerviosismo.

El lanzamiento siguiente fue demasiado alto. En general, en esos casos trato de pegarle, pero esa vez me quedé quieto.

—Bola dos.

Quizá logre pasar directamente a la primera base, pensé.

Entonces también dejé pasar el tiro siguiente.

—Strike dos.

Eso no estaba funcionando. Supe que tenía que tratar de pegarle a la pelota como fuera.

Al siguiente lanzamiento me pareció oír una voz débil dentro de mi cabeza que me decía:

"Swing". ¿Acaso era la voz de Yoda? Entonces hice el *swing*.

—Strike tres —exclamó la entrenadora Toner—. Bien hecho, Mike.

SRA. TONER

Regresé a la banca intentando deducir qué había sucedido. ¿Había interpretado mal las palabras de Yoda? ¿Lo de Dwight no era más que una gran mentira? ¿Su títere de Yoda era una broma sin sentido?

Me dirigí hacia él.

—¿Y bien? —lo increpé.

Yoda dijo: "Llorado no has".

Tenía razón. No había llorado. Ni siquiera había arrojado el casco al suelo. Por primera vez no había hecho el ridículo.

En ese momento, Tater Tot se acercó a batear y lanzó la pelota muy lejos: otro jonrón.

Sí, comprendí, *Yoda estaba en lo cierto. Chicos como Tater Tot son verdaderamente mejores que yo. En sóftbol, quiero decir. Entonces, ¿por qué odiarlo? ¿Y para qué llorar por eso?*

Desde ese día, sigo fallando la mayoría de las pelotas, pero a veces también logro pasar a primera base. Aunque nada de eso es importante. Lo fundamental es que ya no me pongo a llorar ni me enojo.

Y como ahora dedico menos tiempo a odiar a chicos como Tater Tot, creo que estoy cada vez más cerca de poder utilizar la Fuerza por mí mismo. Al menos ya nunca voy hacia el lado oscuro.

Comentario de Harvey

Humm; pensé que Mike le había pedido a la Bola de Papel que lo ayudara a hacer un jonrón. Si todo lo que quería era esperar que el lanzador fallara las cuatro pelotas y pasar a primera base, yo podría haberle enseñado cómo hacerlo. La mayoría de esos chicos no saben lanzar, de modo que si te quedas quieto y esperas, pasas a la primera base. No se necesita a Yoda para darse cuenta de eso.

Sin embargo, estoy contento de que Mike haya dejado de llorar, porque ya se estaba volviendo aburrido.

Mi comentario: Como siempre, Harvey no entendió nada. Lo que dijo Yoda es que hay cosas más importantes que un jonrón. Lo cual es una muy buena noticia para mí, ya que tampoco he logrado hacer uno.

SARA

YODA ORIGAMI
Y EL TWIST

POR SARA

Todas las mañanas, antes de clase, Rhondella, Amy y yo nos sentamos en la misma mesa de la biblioteca, y Kellen, Tommy y todo ese grupo se ubican en la de al lado. Son ruidosos, molestos y se pasan la mitad del tiempo hablándonos.

Aunque pensamos en cambiarnos de mesa, no lo hemos hecho, y creo que debe ser porque a Rhondella no le molesta que Kellen coquetee con ella, aunque diga lo contrario. Y Amy y Lance a menudo terminan conversando sobre ciencia ficción y temas por el estilo. Es probable que yo también tenga mis propias razones para quedarme, pero eso es asunto mío.

¡YUPIII!

Por lo menos, esto nos da algo de qué reírnos... por lo general, de Harvey.

Así que esta vez los chicos estaban hablando con Dwight y quejándose de Yoda Origami. Dwight la estaba pasando de maravilla. Le encanta hacerse el tonto, pero tiene esa sonrisita astuta en el rostro. Vive al lado de mi casa, por lo tanto hace unos diez años que veo esa mueca maliciosa.

¿Ya les conté sobre los pozos que cava en el jardín? Hace un agujero, se sienta en el interior y luego lo vuelve a tapar. Quizá no sea tonto, pero no cabe duda de que es extraño.

La primera vez que lo vimos en la escuela con el títere de papel de Yoda, Rhondella y Amy dijeron "Eso es muy raro", y yo dije: "No es nada comparado con pasarse el día sentándote en agujeros".

De todas formas, Dwight estaba disfrutando toda la atención que recibían Yoda y él.

—Yo no puedo hacer nada —decía—. Si Yoda Origami lo dice, así será.

—Pero no tiene ningún sentido —gruñó Kellen—. Le pregunté dónde perdí mi chaqueta y él respondió: "Aprender debes el Twist".

—A todos les dice lo mismo —señaló Tommy—. Yo intenté preguntarle algo y también Lance. Al principio

pensé que era la respuesta a mi pregunta, pero continuó repitiendo lo mismo. Creo que perdió la razón.

–Nunca la tuvo –acotó Harvey.

Siguieron protestando durante un rato y nosotras tratamos de ignorarlos. Después Dwight se acercó a nuestra mesa con Yoda en el dedo y dijo:

–Aprender debes el Twist.

Luego se dirigió a la mesa siguiente y a la otra y, en unos instantes, les había dicho a todos los que se hallaban en la biblioteca que aprendieran el Twist. A continuación se marchó, aparentemente para desparramar la "sabiduría" de Yoda por el resto de la escuela. Como ya dije: después de diez años, ya estoy acostumbrada a esto.

–¿Y qué es el Twist? –le pregunté a Tommy.

–No tengo la menor idea –respondió.

–¿Por qué no lo buscan en *Google*? –sugirió Amy.

Las máquinas se hallaban todas ocupadas, pero al ver que Lance estaba usando una, Tommy y Kellen se encaminaron hacia él.

–Qué lástima que no me preguntaron a mí –exclamó Harvey–. Yo les puedo explicar de qué se trata.

¡Qué novedad: Harvey cree que lo sabe todo!

–"El Twist" era una canción de la banda de sonido de *El Hombre Araña 3* –comentó.

—Un momento —dijo Rhondella—. ¿Te compraste la música de *El Hombre Araña*?

—De *El Hombre Araña 3*. Por supuesto. Y también tengo las otras dos.

Nos miramos entre nosotras haciendo un esfuerzo para no reír.

—¿No se acuerdan de esa parte de la película cuando...?

Lo desconectamos. Kellen y Tommy regresaron y nos dijeron que era una vieja canción. De inmediato Harvey soltó: "¡Eso ya lo sabía!", y comenzó a hacerse el idiota como siempre y luego sonó el timbre. Tal vez realmente sea necesario que nos cambiemos de mesa o de sala... o de escuela.

Esa noche, Amy se quedó a cenar en mi casa y mi abuela también. Como mis abuelos se divorciaron, ella se pasa el día en nuestra casa.

Amy y yo estábamos buscando cosas en *YouTube* y ya no se nos ocurría nada nuevo. Entonces Amy propuso:

—¿Por qué no buscas "El Twist"?

—¿Realmente piensas que lo vamos a encontrar? —pregunté, aunque ya estaba oprimiendo las teclas.

Resultó que había toneladas de videos de Twist. Elegimos uno y apareció un tipo como si fuera de un programa de televisión muy viejo y anunció:

—¡Nena, vamos a bailar el Twist!

Y luego pasaron una canción muy antigua que no estaba del todo mal.

Ese fue el momento en que se asomó mi abuela.

—¿Ustedes dos están bailando el Twist?

—Lo estamos escuchando.

—¡No, no pueden escucharlo solamente, tienen que levantarse y bailar!

A continuación se agachó y comenzó a mover las rodillas de un lado a otro mientras sacudía las manos.

No me dio mucha vergüenza: ya estoy acostumbrada a que ella haga cosas raras delante de mis amigos. Pero luego se puso a cantar cambiando las palabras:

—¡Vamos, Sarita! Y su amiga Amy.

Ni siquiera tenía que ver con la canción. Siguió cantando y repitiendo que nosotras también lo intentáramos.

Eso hicimos y resultó muy divertido. Una vez que comienzas a sacudir las rodillas y los brazos al ritmo de la música, es bastante fácil.

¡A BAILAR, ABUELITA, VAMOS A BAILAR!

Apenas estábamos entrando en calor, cuando ya era hora de la cena, pero mi abuela quería seguir bailando. Como mis padres iban a salir aquella noche, después de cenar llamé a Rhondella para que viniera a la casa. Ella, Amy, mi abuela y yo imitamos todo tipo de bailes locos que mi abuela recordaba de su niñez. Lo pasamos muy bien, en serio; hacía mucho tiempo que no veía a mi abuela tan feliz. Desde el divorcio, e incluso desde antes de eso.

No sé cómo Dwight –o Yoda Origami– pudo adivinar lo que iba a suceder. Pero fue increíble.

Comentario de Harvey

Discúlpenme; tengo que buscar un pañuelo, porque después de leer eso, una lágrima está rodando lentamente por mi mejilla. Parece una película romántica. ¡Qué hermooooso!

Mi comentario: Bueno, quizá REALMENTE sea hermoso. Por lo menos parece algo muy divertido. Sin embargo, deseé que Yoda Origami le hubiera contado solamente a Sara lo del Twist y no a todos los demás, porque desperdicié media hora practicando los pasos en mi habitación.

harvey

LA DISCUSIÓN
SOBRE DWIGHT

POR TOMMY

Esta sección no tiene que ver con los consejos de Yoda Origami. Se trata de una discusión sobre Dwight entre Kellen, Harvey y yo.

En realidad, no me molestaría en ponerla en el documento. Pero para resolver el misterio de Yoda Origami también tengo que entender quién es Dwight. Y también debo averiguar si está intentando engañarme porque a veces me porto como un idiota con él. Y este relato sucede en una época en que, debo admitir, fui un gran idiota.

Un día, a la hora del almuerzo, Lance se acercó a nuestra mesa y se sentó en el lugar de Dwight. Eso no sería gran cosa, pero no había asientos de sobra, por lo tanto Dwight tendría que irse a otro lado.

—Viejo, no quiero ser pesado, pero ese es el asiento de Dwight —le dije a Lance.

—No, no lo es —exclamó Harvey—. Ahora es de Lance. Nunca le dijimos a Dwight que se sentara aquí. Pero yo sí le pedí a Lance que lo hiciera, así que eso deja fuera a Dwight.

—¿Y dónde se sentará él? —preguntó Kellen.

—Con un poco de suerte, en el otro extremo de la cafetería. O aún mejor: en el otro extremo del planeta.

—Vamos —dijo Kellen—, él no es tan malo.

—Sí lo es —afirmó Harvey—. Es un bobo colosal.

—No todos podemos ser perfectos como tú —repuso Kellen.

—Yo no seré perfecto, pero no soy ni la mitad de insoportable que Dwight —dijo Harvey.

—Sí, eres el doble de insoportable que él —observó Kellen.

En ese momento Dwight emergió de la fila con su bandeja. Siempre es uno de los últimos porque da vueltas en vez de correr hacia la cafetería como los demás.

—Aquí viene —anunció Kellen—. Lance, será mejor que te vayas.

—¡NO! —gritó Harvey—. Votemos. Yo voto por Lance. Kellen por Dwight. Tommy, ¿por quién votas?

—Bueno... —comencé a decir, deseando que no me hubieran arrastrado a esa votación— quizá Lance deba quedarse.

—No, gracias —dijo Lance—. Ustedes son todos insoportables.

Se puso de pie y se marchó. Dwight se sentó y empezó a hacer agujeros en la hamburguesa con una pajilla. No entendí si estaba actuando de manera extraña porque había escuchado lo que dije o porque siempre actúa así. El solo hecho de pensar que él podía haber escuchado mis palabras fue suficiente para que me sintiera mal durante el resto del día.

¡EL RESULTADO DE HACER AGUJEROS EN LA HAMBURGUESA CON UNA PAJILLA!
¡AHORA EXPRÍMELA Y CÓMELA!

BLAH HA H A

TODO ACERCA DE DWIGHT

POR TOMMY (CON AYUDA DE HARVEY)

¿Por qué voté para echar a Dwight? Bueno, Harvey tiene algo que decir sobre él. De hecho, tiene mucho que decir. Aunque no lo crean, Dwight hace cosas mucho más raras que andar por ahí todo el día con un títere de papel en el dedo. Este es el Top 10. (Esto también puede servir como prueba para determinar si lo de Yoda Origami es solo un invento de Dwight o no).

10. En tercer grado, cuando cumplí ocho años, mi mamá preparó jugo y pastelillos para toda la clase.

Antes de que nadie llegara a tomar uno, Dwight bebió un enorme sorbo de jugo, alguien hizo una broma (que ni siquiera era graciosa) y Dwight escupió el jugo encima de todos los pastelillos. Resultado: un cumpleaños sin dulces.

9. Se echa en el piso en lugares muy extraños. Por ejemplo: estás buscando un libro en la biblioteca y él está allí, tumbado delante de las enciclopedias.

8. Un día, en Educación Física, la profesora Toner lo mandó al armario a buscar una pelota para jugar al quemado. Nunca regresó. Entonces la maestra envió a Lance a buscarlo. Dwight estaba en el locker, golpeando la puerta y gritando: "¡Ardillas! ¡Vengan a rescatarme!".

Lance le abrió la puerta y Dwight balbuceó:

—Ah, pensé que se abría para el otro lado.

7. En quinto grado, usó la misma camiseta durante un mes porque la había conseguido gratis. Decía: "¡Llévate una más por solo $3 pesos!".

6. Hace un ruido desagradable con los nudillos que a muchos les provoca ganas de vomitar. Además, sucede en los momentos más insólitos, como una vez cuando yo estaba dando una lección. Los chasquidos son tan estruendosos que a mí me parece que no son de verdad. Me encantaría saber cómo lo hace. Pone las manos junto al mentón y de repente: ¡CRAC!

5. A veces, cuando decidimos ser amables con él, se porta como un idiota y dice: "Ptolomeo tiene una nariz de cera" o algo así de extraño.

4. El año pasado intentó convencernos de que lo llamáramos "Capitán Dwight".

3. El "Capitán Dwight" usó una capa hasta que la directora Rabbski se lo prohibió.

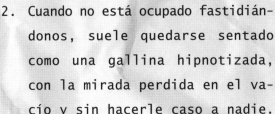

DIRECTORA RABBSKI

2. Cuando no está ocupado fastidiándonos, suele quedarse sentado como una gallina hipnotizada, con la mirada perdida en el vacío y sin hacerle caso a nadie.

1. Una vez, un indígena visitó la escuela para hablarnos de sus tradiciones. Al terminar, propuso que le hiciéramos preguntas. Dwight preguntó: "¿Qué usaban de ropa interior antes de que Cristóbal Colón trajera la ropa interior?".

Y aquí viene el misterio más grande acerca de Dwight: nunca puedes saber si actúa de esa manera para hacerse el gracioso o si está totalmente chiflado.

Nadie se ríe CON él; entonces, ¿cómo puede pensar que es gracioso? Pero si está totalmente chiflado, ¿cómo es posible que algunos días pueda mantener una conversación normal o hacer origami o sacar la mejor calificación en matemáticas (y en ninguna otra materia)?

La siguiente historia es sobre una de esas ocasiones en que Dwight parece realmente muy inteligente, aunque sin dejar de ser muy pero muy raro.

CASSIE

YODA ORIGAMI Y LA CABEZA DE SHAKESPEARE

POR CASSIE

El motivo por el cual le hice una pregunta a Yoda Origami fue porque rompí la cabeza de Shakespeare del profesor Snider.

Para empezar, no sé por qué querría tener una estatua de Shakespeare en su clase. Por un lado, es horrible. Y por otro, no creo que hayamos leído nada de Shakespeare. Y si lo hicimos, yo no estaba prestando atención.

Otra cosa que no entiendo es cómo puede haber en nuestro grado tantos chicos estúpidos, torpes y gritones como Harvey y Kellen. Se pasan el día moviéndose de un lado a otro, arrojando objetos y actuando como idiotas, pero ninguno de ellos derribó la cabeza de Shakespeare. Y luego llego yo y la estatua prácticamente se cae sola cuando paso junto a ella.

De cualquier modo, así son las cosas. Yo fui quien la rompió. Se desplomó desde la repisa de la ventana, chocó contra el piso y se partió, como esos conejos de Pascua huecos. Creo que el hecho de que fuera hueca probablemente significa que no era una estatua de verdad, pero igual me asusté muchísimo.

No estaba segura de cuál sería el castigo que me esperaba, pero imaginé que sería bastante grave.

Por suerte, en ese momento no había nadie más en el aula. El profesor Snider se encontraba en la sala de maestros y casi todos mis compañeros estaban en la biblioteca, donde suelen reunirse todos los días antes de las clases. Traté de hacer lo mismo, pero si no tienes a nadie en especial con quien estar, no hay mucho que hacer. Y yo no tengo a nadie en especial. Estoy en esta escuela desde hace unos meses y todavía no he encontrado a alguien que me agrade.

El hecho es que la cabeza se rompió en seis pedazos. Saqué todos los libros de mi mochila, recogí los restos de Shakespeare y los puse adentro.

Después no quedaba más que esperar y ver qué sucedía.

Durante toda la clase tuve la cabeza de Shakespeare en la mochila y no ocurrió nada.

Sin embargo, justo antes de que terminara la hora, el profesor Snider notó que la cabeza había desaparecido.

–¿Qué le ocurrió a Shakespeare? –preguntó. Me quedé inmóvil.

–Chicos, ¿la escondieron en algún lado? –indagó. Yo seguía sentada, sin moverme.

Cuando sonó el timbre, me encaminé hacia la puerta.

–Esperen un segundo. Regresen a sus asientos –dijo el profesor–. Si alguien quiere hacer una broma, lo comprendo, pero mañana espero ver a Shakespeare de vuelta en el aula. Para mí, tiene valor sentimental. Así que les pido que esté de regreso mañana. ¿Está bien?

Me quedé sentada sin decir nada, igual que todos los demás. Tenía miedo de que el profesor Snider

PROf. SNIDEr

dirigiera la vista hacia mí, pero él estaba mirando a Dwight. Supongo que era el más sospechoso de todos porque es lo suficientemente raro como para querer tener una cabeza de Shakespeare.

–Muy bien, pueden salir –anunció finalmente, y todos nos marchamos de un salto.

Por el momento todo estaba bien. Había logrado cruzar la puerta con los restos de Shakespeare en la mochila. Una vez en casa, podría arrojarlos a la basura y listo. Me sentía mal por haber estropeado el "valor sentimental" del profesor Snider, pero ¿qué podía hacer?

Al final del día y con Shakespeare todavía en el interior de mi mochila, subí al autobús. Dwight se sentó junto a mí. Todos los días se sienta conmigo. En realidad, soy yo la que se sienta con él. Cuando comencé a tomar el autobús, ese era el único asiento que no estaba reservado. En general habla de robots o de arañas o cosas así, pero ese día cambió de tema.

–Estar en la mochila o no estar en la mochila: he ahí la cuestión –recitó con una especie de acento británico o algo parecido.

ESCUELA McQUARRIE

–¿Qué? –pregunté. La palabra "mochila" me sobresaltó. ¿Se habría dado cuenta?

–Shakespeare, Shakespeare, ¿dónde os encontráis? ¿En la mochila, por ventura? –exclamó.

–¡Shhhh! –susurré–. ¿Cómo lo supiste?

–Elemental, mi querida Cassie –murmuró con el mismo acento extraño–. Esta mañana, cuando veníamos en el autobús, llevabas los libros en la mochila. Pero ahora veo que los tienes en el regazo y, sin embargo, tu mochila está muy llena. Por lo tanto, debes tener otra cosa allí adentro. Es obvio de qué se trata.

–¿Le vas a contar al profesor Snider?

–No es necesario –respondió–. Observé cómo te miraba a ti y a tu enorme mochila cuando saliste de la clase. Seguramente te está probando para ver si lo devuelves o no.

–Pero es que no puedo devolverlo –susurré–. ¡Está roto!

–Querida mía, qué calamidad –repuso. (Por cierto, sin dejar de usar el mismo acento extraño)–. ¿Puedo ver a la víctima?

Abrí la mochila un poco para dejarlo espiar.

AUTOBÚS 3263827

ROTUS
CABEZA
EST.
¡PROBLEMUM!

–Por Dios, parece un asesinato. ¿Qué utilizaste? ¿El tubo de la cañería o un candelabro?

–¡No, fue un accidente!

–Si fue un accidente, ¿por qué sacaste a la víctima del aula escondida en tu mochila?

–No quería meterme en problemas.

–Ah, pero ahora estás metida en un problema mucho mayor –señaló–. Como decían los romanos: "Vorpius de liporius octo". El encubrimiento es peor que el delito.

Bueno, ahora estaba realmente preocupada y tenía que admitir que sentía deseos de llorar. Si no la devolvía, el profesor Snider pensaría que la había robado. Si lo hacía, descubriría que la había roto y podía llegar a pensar que lo había hecho a propósito. De cualquier manera, se enteraría de que había intentado librarme del castigo.

–¿Qué debería hacer? –mascullé.

–Quizá deberías consultar a Yoda Origami –contestó Dwight.

–¡Hablo en serio! –exclamé.

–Yoda Origami también –dijo Dwight.

–Olvídalo –respondí.

Todavía faltaban diez minutos para llegar a mi casa y, después de estar sentada cinco minutos más sin que se me ocurriera nada, por fin le hice la pregunta a Yoda.

–Está bien –acepté–, ¿cuál es el consejo de Yoda?

Dwight se puso el títere en el dedo y pronunció:

–Uno nuevo debes tú hacer.

–¿De qué habla? –dije–. No puedo hacer uno nuevo.

–Dijo "debes".

–Pero no puedo.

–Debes hacerlo.

–Pero...

–¡DEBES! –gritó Yoda.

Me alegré cuando llegamos a mi parada.

Mientras entraba en casa, pensé que tanto Dwight como Yoda Origami estaban locos, pero probablemente tenían razón.

Sabía que no podía hacer una estatua nueva sin que el profesor Snider se diera cuenta, pero tal vez podía hacer una lo suficientemente buena como para reemplazar la rota y que él comprendiera que yo no había matado a Shakespeare a propósito.

Y eso fue exactamente lo que sucedió. Llamé a mi mamá a su trabajo y le pedí que pasara por la tienda que vende todo-a-$10 y me comprara diez envases de esa masa *Play-Doh* falsa que venden ahí. Le dije que era para un proyecto escolar, lo cual era cierto.

Utilicé las partes rotas del viejo Shakespeare como guía y, a pesar de que la masa era azul y roja, me salió bastante bien. Por lo tanto Shakespeare terminó siendo rojo con peluca azul.

Al día siguiente, cuando se lo mostré al profesor Snider, se desternilló de risa y no se enojó.

Dijo que el nuevo Shakespeare tendría todavía más valor sentimental que el anterior. Y ahí sigue, en su clase, sobre la repisa de la ventana. Con el tiempo se ha ido resecando y, a veces, se le cae la nariz. Pero se puede volver a pegar con un poco de saliva.

Comentario de Harvey

¿Se suponía que ese era Shakespeare? Yo creía que era el caballo de George Washington.

Mi comentario: Una de mis teorías es que Yoda Origami debe ser real porque Dwight es demasiado despistado como para que se le ocurran las cosas tan inteligentes que dice Yoda. Pero la historia de Cassie me dejó pensando sobre eso, ya que demuestra que Dwight puede pensar por sí mismo sin la ayuda de Yoda.

Sin embargo, el relato siguiente sugiere lo contrario: no solo que Dwight no es lo suficientemente sabio para ser Yoda Origami, sino que tampoco es lo suficientemente inteligente para escucharlo. Por supuesto que esa vez, yo tampoco lo fui.

NARIZ →

YODA ORIGAMI
✳ CONTRA EL VAMPIRO

POR LANCE ✳

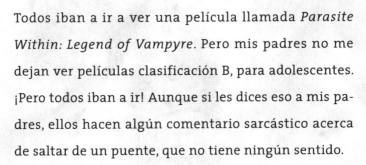

Todos iban a ir a ver una película llamada *Parasite Within: Legend of Vampyre*. Pero mis padres no me dejan ver películas clasificación B, para adolescentes. ¡Pero todos iban a ir! Aunque si les dices eso a mis padres, ellos hacen algún comentario sarcástico acerca de saltar de un puente, que no tiene ningún sentido.

Le pregunté a Yoda qué debía hacer y Dwight, con su graznido, exclamó:

—Una porquería la película es.

—Pero pensé que te morías por ir a verla —le dije a Dwight.

–Es cierto –repuso–. ¡Va a ser genial!

Y un segundo después volvió a su voz de Yoda y agitó el dedo:

–Para abajo los pulgares están. Los efectos especiales muy malos son. A ahorrar dinero vas.

Así que finalmente no fui al cine... aunque en realidad no me quedó otra opción.

El lunes les pregunté a mis compañeros qué tal había estado la película ¡y todos respondieron que era una porquería y que los efectos especiales eran malos y que habían desperdiciado su dinero! Dwight también.

Comentario de Harvey

¡Qué descubrimiento! La explicación lógica de esta historia es muy simple: Dwight había leído una crítica de la película en Internet o algo así. o quizá simplemente supuso que una peli con un título tan estúpido como ese tendría que ser una película estúpida.

Mi comentario: Viejo, ojalá hubiera escuchado a Yoda Origami. ¡La película era MALÍSIMA!

¡SÍ, REALMENTE LO FUE!

¡PERO "PARASITE WITHIN II" SERÁ TODAVÍA PEOR!

MARCIE

YODA ORIGAMI Y LA ANTIPÁTICA ALUMNA DE OCTAVO GRADO

POR MARCIE (DE OCTAVO GRADO)

¡Yoda Origami es lo más tonto que he visto en toda mi vida! ¡Es un fraude total! Si piensas que es algo más que un pedazo de papel, entonces eres idiota.

Yo lo sé porque creí en él y terminé quedando como una idiota ante todos.

¡La culpa es mía por prestar atención a un grupo de tontos más pequeños que yo!

Uno de esos tontos viaja conmigo en el autobús y nunca se quita a Yoda del dedo.

Un día, esos niños no dejaban de repetir:

—¡Pregúntale lo que quieras a Yoda Origami! ¡Él sabe todo!

Y me contaron varias historias en las que había predicho lo que iba a ocurrir. Bueno, ahora suena estúpido, pero todos parecían muy convencidos y yo tenía una pregunta que necesitaba respuesta.

Ya había ganado el concurso de ortografía de mi clase y estaba por competir en el de toda la escuela. Si lo ganas, pasas al concurso del distrito, luego al de la región y, de ahí, tienes que ir a la Capital para el concurso nacional, ¡que sale en televisión! Y también puedes ganar premios. El año pasado un alumno de octavo grado llegó hasta el concurso regional y recibió un bono de ahorro de cien dólares.

Yo quería ganar, obviamente, ¡pero estudiar esos estúpidos cuadernillos llenos de palabras ridículas es ABURRIDO!

Y es imposible memorizar palabras cuando todo el mundo está hablando de Yoda Origami y preguntándole estupideces.

Por lo tanto, decidí pedirle consejo.

—Yoda Origami, ¿puedes decirme qué palabra tengo que aprender para ganar el concurso de ortografía? (Como ahora sé que no es más que un títere de dedo me siento una tonta, pero recuerden que todos me dijeron que tenía poderes mágicos. ¡Qué estupidez!)

El chico levantó a Yoda para que yo pudiera verlo, puso una voz estúpida y anunció:

—Mañana a decírtelo voy. Descansar ahora tengo que. Al futuro mirar debo.

Y el chico guardó a Yoda y no volvió a sacarlo.

—Muchas gracias por tu ayuda, cara de pedo —dije—. ¿Ahora pueden callarse y dejarme estudiar?

Bueno, al día siguiente cuando subí al autobús, el chico levantó a Yoda de inmediato y dijo:

—Falás.

—¿Qué?

"Falás aprender a escribir tú debes. La z a olvidar no vayas".

—Bueno, ¿y cómo se escribe?

—Averígualo —respondió el chico—. ¡Holgazana!

La busqué en el cuadernillo y la encontré. Solo que no se escribía *falás*, sino *falaz*. Esa es exactamente la clase de palabra engañosa que nadie oyó nunca y que a ellos les encanta usar en estos concursos.

Bueno, verla en el cuadernillo me convenció. Caí en la trampa como una completa tarada. Estaba segura de que esa palabra me convertiría en la campeona de la escuela y me olvidé de inmediato del estúpido cuadernillo.

Finalmente, llegó la hora del concurso, que se realizó en la cafetería, delante de toda la escuela. Todos mis amigos y compañeros de curso habían venido a alentarme.

El asunto con estos concursos es que la primera ronda es una tontería. Tuve que escribir *azul*. Todos pasaron la primera prueba.

Luego me tocaron palabras como *solución*, *rápidamente* y *guante*.

Después, en la quinta ronda, me tocó la palabra *escencial*. Al menos, así pensé que se escribía. Pero resultó ser *esencial*. El juez hizo sonar su campanita y tuve que irme a sentar y mirar el resto del concurso con todos los demás. Estaba furiosa.

El niñito de sexto grado fue quien ganó con la palabra *fallar*. ¡Sí, exactamente, *fallar*, no *falaz*! ¡A nadie le tocó *falaz*! ¡Yo estaba cada vez más furiosa! ¡OH YEAH!

En el autobús, después de la escuela, le dije al chico del títere de Yoda que era un idiota y le conté a todos que Yoda Origami era un pedazo de papel inútil.

Pero, como ya dije, en realidad yo soy la verdadera idiota por creer en semejante estupidez.

¡Al fin! Estoy contento de que alguien más haya comprendido que esto es una tontería. Aunque, francamente, me sorprende que alguien de octavo grado haya llegado a creer en semejante engaño. (Por cierto, yo terminé en segundo lugar en el concurso de ortografía de la escuela, y habría ganado si el juez hubiera pronunciado mejor las palabras).

Mi comentario: En verdad, creo que Harvey tampoco entendió el sentido de esta historia. No se trata solamente de que Yoda Origami se haya equivocado: la cuestión es POR QUÉ lo hizo. Me pregunto si realmente se equivocó o si fue uno de los Trucos Mentales de los Jedi.

Piénsenlo:

Dwight le dice a Marcie que Yoda le dará una respuesta al día siguiente.

En vez de darle las gracias, ella le dice "cara de pedo".

Quizá Yoda Origami pudo haber deducido la verdadera palabra ganadora. Nunca lo sabremos.

Pero la cuestión es la siguiente: ¿por qué querría Dwight ayudar a una chica que acababa de llamarlo "cara de pedo"? Tal vez fue Dwight o tal vez fue Yoda,

¡pero yo pienso que uno de los dos le dio la palabra equivocada a propósito para que perdiera!

Si ella hubiera buscado "falaz" en el diccionario —como yo acabo de hacerlo—, quizá se habría dado cuenta. Tiene un par de significados. Uno de ellos es cuando engañas a alguien; el otro, cuando lo atraes con falsas apariencias. Creo que Dwight y/o Yoda hicieron ambas cosas.

YODA ORIGAMI
Y EL GLOTÓN

POR QUAVONDO

Yoda Origami me ayudó mucho... a pesar de que Dwight no quería que lo hiciera. Me acerqué a él y le dije: "Necesito que Yoda me aconseje", a lo cual Dwight respondió: "Lárgate, Glotón".

¡Era justamente eso lo que yo quería: que Yoda me aconsejara acerca de esa cuestión de los *Cheetos* y de que me llamaran Glotón!

Lo que sucedió fue lo siguiente: cuando fuimos de paseo al zoológico vimos una máquina expendedora cerca del búfalo. Aunque el señor Howell nos había advertido que no estaba permitido comprar refrescos o helados de los carritos, no dijo nada acerca de las máquinas expendedoras.

De inmediato nos abalanzamos sobre la máquina y yo llegué primero. ¡Los *Cheetos* costaban dos dólares! Eran bolsas diminutas que, generalmente, cuestan setenta y cinco centavos.

Como tenía dinero que mi mamá me había dado para el paseo, lo metí rápidamente antes de que alguien me empujara.

En el momento en que ingresaba mi segundo dólar, el señor Howell se acercó y comenzó a sermonearnos. Básicamente nos dijo que deberíamos haber comprendido que tampoco podíamos comprar de las máquinas expendedoras. ¿Cómo iba yo a saberlo?

Todos empezaron a quejarse, pero al menos ellos no habían perdido dos dólares en la máquina.

¡ALERTA ZOO!

¡CUIDADO: GORILA SUELTO!

—Pero, señor Howell —protesté—, ¡yo ya puse los dos dólares y todavía no oprimí el botón!

—Cielo santo —exclamó el señor Howell—. Quavondo, ¿puedes apretar el botón que devuelve las monedas?

Lo hice y no ocurrió nada. Por supuesto que todos estaban alrededor de la máquina observando lo que sucedía: Harvey, Tommy, Tater Tot y hasta el último chico de la clase.

—Está bien —gruñó el maestro—, elige algo, Quavondo. Pero eso es todo, nadie más. Hablo en serio. Esto es malgastar el dinero.

Entonces pulsé el botón de la bolsa de *Cheetos*. Cuando la vi, me pareció que no tenía casi nada. ¡Era aún más pequeña que las bolsas de setenta y cinco centavos!

Al darme vuelta, la mitad de la clase estaba esperando que compartiera mis *Cheetos*. A mí no me hubiera importado ofrecerle a un compañero, pero no había suficientes para todos. ¡Y además tenía hambre!

En ese instante la situación se puso muy fea: los chicos comenzaron a manotear la bolsa y yo terminé metiéndolos todos en mi boca y me atraganté.

—Te lo mereces, Glotón —exclamó Harvey y todos se echaron a reír.

Y en vez de hacerlos callar, el señor Howell concluyó:

—Por eso no quería que compraran comida.

¡Bueno, si hubiera empezado por ahí, quizá yo no habría gastado dos dólares ni habría estado a punto de morir atragantado!

Y desde entonces mis compañeros han sido realmente malos conmigo y me llaman Glotón. Y una vez, durante la clase de matemáticas, necesitaba una goma de borrar y nadie quería prestarme una hasta que el señor Howell obligó a Kellen a hacerlo.

¡Y NUNCA ME LA DEVOLVISTE!

Se imaginan que ya me estaba cansando de todo eso. Como había escuchado que Yoda ayudó a Mike a dejar de ser el llorón del sóftbol, pensé que podría pedirle un consejo. Pero Dwight no me permitía hacerlo.

—Oh, nones, nones para los glotones —dijo.

—Vamos, Dwight, eso es lo que quiero consultarle a Yoda.

—Olvídalo ya —exclamó.

¡Pero entonces ocurrió algo realmente espeluznante! Su mano derecha se alzó en el aire con el títere de Yoda en un dedo.

"*Cheetos* para todos debes comprar", anunció Dwight con la voz de Yoda. ¡Y luego se tapó LA BOCA con su propia mano mientras seguía intentando hablar!

—La asamblea mañana será —balbuceó a través de la mano—. Después los *Cheetos* tú debes entregar. ¡Grandes las bolsas deben ser!

—¡Pero no puedo llevar *Cheetos* a una asamblea! ¡Sabes que está prohibido llevar comida al gimnasio! ¡Me voy a meter en serios problemas!

"¡Aún mejor! ¡Los problemas mejores son!", graznó Yoda.

En ese momento, Dwight –con la mano en la boca y la voz de Yoda– se puso el abrigo encima de la cabeza y se arrastró debajo de la mesa del almuerzo.

Por supuesto que todo el mundo estaba mirando.

–Pero no puedo hacer eso –les dije a Tommy y a Kellen, que estaban sentados ahí mismo.

–¡Cállate, Glotón! –exclamaron al unísono.

Bueno, esa noche mi hermano mayor me llevó por la Ruta 24 hasta un supermercado en Vinton.

No pensaba comprar una bolsa de *Cheetos* para cada uno de los alumnos de la escuela. Pero averigüé que hay 116 chicos en sexto grado y eso me pareció razonable.

En el supermercado tenían paquetes de doce bolsas de ochenta y cinco gramos a 5.99 dólares. Compré diez paquetes para tener 120 bolsas. Eso me costó 59.90 dólares más el impuesto, que eran 3.85 dólares. ¡En total pagué 63.48 dólares!

Por suerte tenía cincuenta dólares que mi abuela me había mandado para mi cumpleaños; el resto me lo prestó mi hermano.

A la mañana siguiente, coloqué la mayoría de las bolsas en mi mochila y en otra más vieja que solía usar, que tenía la figura de Elmo, el personaje de Plaza Sésamo. Tuve que dejar todos mis libros en casa. Luego me puse el abrigo de invierno y metí el resto de las bolsas en los bolsillos. El clima todavía estaba un poco fresco, por lo tanto no tenía un aspecto tan raro. Eso esperaba.

Apenas llegué a la escuela, coloqué todas las bolsas en mi casillero.

¡Si ESTÁ SUCIO, NO LO CHUPES!

Yoda había tenido razón acerca de que habría una asamblea. Se trataba del Señor Sana Diversión, que viene a la escuela cada dos meses para hablar de cosas como: que hay que lavarnos las manos después de ir al baño, ducharnos y cosas por el estilo. Utiliza un títere que es un mono cantor.

El Señor Sana Diversión hace su show para un grado a la vez y nosotros, los de sexto, tendríamos la asamblea a las 13:30, a la penúltima hora.

¡Si LO CHUPAS, NO TE TOQUES!

Como todos habían oído a Dwight/Yoda el día anterior, sabían muy bien lo que yo estaba haciendo. Y se pasaron todo el día haciéndome preguntas sobre el tema.

—Quavondo, ¿realmente trajiste los *Cheetos*? No puedo creerlo —comentó Tater Tot.

¡Ya estaba dando resultado! ¡Me había llamado por mi verdadero nombre en vez de Glotón!

El Sr. Sana Diver- sión

y su mono ESPUMA

Presentan:
"Acéptate como hueles"

—Sí, shhhh, no le cuentes a la entrenadora Toner.

—No hay problema. Dame.

—No, tengo que esperar hasta la asamblea.

—¿Por qué?

—Porque Yoda lo dice —respondí.

—Sí, claro —admitió.

Les había prometido que habría *Cheetos* para todos.

No sabía bien cómo haría para repartirlos, porque estaba seguro de que cualquiera de los maestros, especialmente el señor Howell o la entrenadora Toner, me impedirían hacerlo si me veían.

Así que le pregunté a Yoda Origami.

Y él me contestó: "Veloz debes ser".

Dwight me dijo que podía darle su bolsa ahí mismo, pero le respondí como a los demás: "Yoda aconsejó esperar".

Cuando sonó la campana al final de esa hora, pegué un salto y eché a correr antes de que nos dieran permiso de retirarnos.

Algunos chicos salieron detrás de mí y, cuando los de otros grados nos vieron corriendo por el pasillo, también nos siguieron para no perderse los *Cheetos*.

Lamentablemente, el señor Howell nos vio cuando pasamos delante de su aula.

—¡No se va a la asamblea corriendo! —gritó.

Había dejado mi casillero sin candado para poder sacar fácilmente las mochilas y el abrigo, y continuar la carrera.

Algunos chicos intentaron agarrarlas, pero les grité:

—¡Yoda dijo que debemos esperar hasta la asamblea!

Irrumpimos en el gimnasio y todos se lanzaron sobre la comida frenéticamente. Traté de repartir las bolsas una por una, pero los chicos comenzaron a empujar y manotear con tanta fuerza que me di por vencido.

—¡Solo una! —repetí—. No hay más que una para cada uno.

En cierto momento levanté la vista y noté que el Señor Sana Diversión estaba con el mono en el escenario y nos miraba atentamente.

Para cuando llegó el señor Howell, todos tenían una bolsa y devoraban el contenido.

—¡¿Qué rayos está sucediendo aquí?! Quavondo, ¿tú hiciste esto? ¿Qué problema tienes con los *Cheetos*? Muy bien, espérame en mi oficina, que yo bajaré en un rato para discutir esto con la directora Rabbski y llenar tu nota de suspensión.

A continuación entró la profesora Toner, que hizo sonar su silbato y gritó:

—El resto de ustedes vaya a arrojar esas bolsas a la basura. Hablo en serio. Y no intentes esconderla debajo de la camiseta, Harvey. ¡Puedo verla! ¡Quiero esas bolsas en la basura, YA!

Como resultado, me pasé el resto del día en la dirección. La directora Rabbski me dijo que había avergonzado a toda la escuela e insultado al Señor Sana Diversión. Escribió una nota que debía devolver firmada por mis padres y tuve que redactar un informe de cinco páginas sobre la nutrición y una carta de disculpas al Señor Sana Diversión. Más tarde me enteré de que la mayoría de los *Cheetos* habían ido a parar a la basura, al igual que mis sesenta y tres dólares.

¿Lo LAMENTAS? ¡MÁS TE VALE, MOCOSO!

Pero al final valió la pena, ¡porque ya casi nadie me llama Glotón!

Comentario de Harvey

A mi juicio, esta historia prueba que Dwight está más loco que una cabra. Yo estaba allí cuando hizo eso de cubrirse la boca y fue lamentable. ¿Por qué tiene que sentarse en nuestra mesa? ¿Por qué no me dejan echarlo de una patada?

De todas maneras, los consejos de Dwight no tienen nada que ver con Yoda. Solo quería que le dieran una bolsa de *Cheetos* gratis. Y lo logró. Lo vi tragarse toda la bolsa en un segundo mientras la entrenadora Toner nos exigía que la arrojáramos a la basura. Si yo tuviera una boca tan gigantesca como la de él, no habría intentado ocultarlos bajo mi camiseta.

Además, tengo un mensaje para Quavondo: el que nace Glotón, Glotón se queda.

Mi comentario: Harvey está completamente equivocado. Este fue el mejor consejo de Yoda hasta el momento. Quavondo pasó de ser un odiado Glotón a ser un héroe. El hecho de que se metiera en problemas por tratar de regalar los *Cheetos* hizo que todos lo apreciaran todavía más. Y Yoda también predijo eso.

¿CHEWBACCA ORIGAMI?

CHEWBACCA ORIGAMI Y LAS NOTAS DE SUSPENSIÓN SIN FIRMAR

POR TOMMY

A pesar de que le he pedido muchas veces a Dwight que escriba un capítulo para este expediente, se niega a hacerlo.

Pero un día en que volví a insistir, me respondió:

—Esto no debería faltar en ese archivo.

Entonces sacó un montón de papeles de su mochila. La mayoría estaban arrugados, pero hubo uno en especial en el que me pareció reconocer a un Chewbacca de origami. O a lo mejor se trataba de un gorila con corbata. Sin embargo, no era para nada tan bueno como Yoda Origami.

Cuando desdoblé y alisé los papeles, descubrí que eran notas que habían sido enviadas a su casa para que sus padres las firmaran, lo cual nunca había ocurrido.

Nota de Suspensión dentro de la Escuela

Alumno: _Dwight Tharp_   Hora: _8:36 a.m._
Maestro: _Sr. Howell_   Fecha: _20 de marzo_

Motivo de la Suspensión
[ ] Conducta combativa   [ ] Ropa inapropiada
[ ] Llegar tarde   [ ] Lenguaje inapropiado
[X] Otro (explicar, por favor): _Negarse a guardar el títere de dedo durante la ceremonia de la Bandera._
_____

Firma del padre o de la madre: _____
Debe ser firmada por padre, madre o persona a cargo y devuelta dentro de los dos (2) días hábiles siguientes.

Nota de Suspensión dentro de la Escuela

Alumno: Dwight Tharp
Maestro: Sr. Howell

Hora: 10:06 a.m.
Fecha: 4 de abril

Motivo de la Suspensión
[ ] Conducta combativa
[ ] Llegar tarde
[X] Otro (explicar, por favor): Se le pidió al alumno que hiciera un problema de matemáticas en el pizarrón. En lugar de hacerlo, se comió la tiza.

[ ] Ropa inapropiada
[ ] Lenguaje inapropiado

Firma del padre o de la madre: _____

Debe ser firmada por padre, madre o persona a cargo y devuelta dentro de los dos (2) días hábiles siguientes.

Alumno:
Maestro: Sr. Howell

Motivo de la Suspensión
[ ] Conducta combativa
[ ] Llegar tarde
[X] Otro (explicar, por favor): El alumno se negó a quitarse el títere de dedo durante las pruebas de nivel.

[ ] Ropa inapropiada
[ ] Lenguaje inapropiado

Firma del padre o de la madre:

Debe ser firmada por padre, madre o persona a cargo y devuelta dentro de los dos (2) días hábiles siguientes.

...pensión dentro de

Alumno: Dwight Tharp
Maestro: Sr. Howell

Hora: ___:___
Fecha: 19 de abril

Motivo de la Suspensión
[ ] Conducta combativa
[ ] Llegar tarde
[X] Otro (explicar, por favor): El alumno no devolvió ninguna de las Notas de Suspensión previas con la firma de los padres.

[ ] Ropa inapropiada
[ ] Lenguaje inapropiado

Firma del padre o de la madre: _____

Debe ser firmada por padre, madre o persona a cargo y devuelta dentro de los dos (2) días hábiles siguientes.

CAROLINE

DWIGHT Y LA PELEA

POR TOMMY

Esta historia es extraña por muchas razones.

En primer lugar, Caroline debería contarla, pero por algún motivo ella se niega a hablar conmigo acerca de Yoda Origami o de Dwight.

Segundo, aunque Yoda Origami no hace gran cosa es, en realidad, lo que motiva la historia. (Eso lo entenderán una vez que la hayan leído).

¡La otra cosa rara es que casi recibo una paliza al tratar de averiguar lo que había ocurrido!

Así fue como comenzó todo:

A la hora del almuerzo, Caroline se acercó a nuestra mesa.

Ustedes ya saben que a mí me gusta Sara y que a Kellen le gusta Rhondella, pero nadie puede negar que Caroline también es increíblemente linda y simpática. Sin embargo, más allá de sentarme cerca de ella en el borde del escenario durante las Noches de Fiesta, no la conozco mucho, ya que está en séptimo grado.

Es bastante famosa en la escuela porque sabe leer los labios. Usa audífonos, pero me dijeron que puede entender lo que estás diciendo con solo mirar el movimiento de tu boca. Supongo que debe ser sorda, pero nunca la vi usar lenguaje de señas y parece hablar con normalidad, aunque se queda bastante callada durante las Noches de Fiesta.

El asunto es que una vez, en el almuerzo, se acercó para hablar con Yoda Origami. Me dio la impresión de que algo la había disgustado, y quizá hasta había llorado, pero en ese momento solo se veía enojada.

LABIOS NORMALES

LABIOS DE DWIGHT

—¿Trajiste a Yoda Origami?

—Ah-jáh —masculló Dwight con la boca llena de comida. (Ya es bastante malo que le hable a la gente con comida en la boca, pero esta pobre chica tuvo que intentar leerle los labios mientras los trozos de carne bailaban de un lado a otro en los suyos.)

Dwight sacó a Yoda Origami del bolsillo y se lo puso en el dedo.

—Bueno, ¿podría Yoda ayudarme a hacer algo con respecto a Zack Martin? Mira lo que le hizo a estos lápices que me regaló mi abuela —comentó mientras sostenía en el aire tres lápices partidos por la mitad, que estaban marcados con su nombre, el cual también había quedado separado en dos partes, así: "Caro line Broome" o "Caroli ne Broome".

—¿Por qué lo hizo? —pregunté.

—Quería demostrar que era capaz de partir lápices con una sola mano, así que los tomó de mi banca y los partió todos de una sola vez. Y me los habían regalado apenas anoche. ¡Ni siquiera les había sacado punta todavía!

Yo había intentado hacer esa proeza una vez. Con mi propio lápiz, por supuesto.

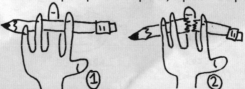

Tienes que poner el dedo medio debajo del lápiz y los otros dedos arriba y luego lo golpeas contra un banco. En mi caso, el lápiz se resquebrajó un poquito pero los dedos me dolieron muchísimo. Si pusiera tres juntos, probablemente me rompería los nudillos.

—Zack siempre hace cosas así y quiero que Yoda me diga cómo puedo impedir que siga actuando de esa manera -agregó Caroline.

Esa era una difícil, incluso para Yoda Origami, que estaba quieto en el dedo de Dwight, aparentemente dándole vueltas al asunto. Luego, Yoda Origami le susurró a Dwight al oído. ¡En realidad, Dwight se susurró algo a sí mismo!

Finalmente, se volvió hacia Caroline y le dijo:

—Yo me voy a encargar de esto.

—¡¿Qué?! —rebuznó Harvey—. ¿Qué piensas hacer?

Yo estaba pensando lo mismo y supongo que todos los demás también... incluso Dwight.

Miró hacia el otro extremo de la cafetería, donde se encontraba Zack comiendo solo. Es difícil no distinguirlo, ya que mide unos sesenta centímetros y pesa unos setenta kilos más que cualquiera de los de séptimo grado. De hecho, está más cerca del tamaño del señor Howell que del de nosotros. Creo que ya repitió el curso dos o tres veces y es probable que tenga quince años.

ZACK

Una vez tuve un problema con él. Le dije *idiota* a un chico que resultó ser su primo o algo así. Ese mismo día, Zack me dijo que no volviera a hacerlo mientras me retorcía el brazo con todas sus fuerzas. Otra vez, le dio un golpe muy fuerte a Harvey en la espalda. Harvey dijo que él no le había hecho nada, pero seguramente le había lanzado alguno de sus comentarios pedantes y se lo merecía.

De todas maneras, es mejor evitar a Zack en todo momento.

Dwight volvió la vista a Caroline y le dijo:

—Sí, yo me voy a encargar de esto.

—No tienes que hacer nada —repuso ella—. Solo pensé que quizá Yoda podía conocer alguna forma mágica para impedir que Zack siguiera haciendo de las suyas.

—Yo me voy a encargar de esto —repitió

mientras se ponía de pie con su bandeja. Era la primera vez que lo veía arrojar a la basura comida sin terminar.

Por un segundo pensé que se dirigiría directamente a Zack, pero en cambio, se marchó de la cafetería.

Cuando los demás regresamos a la clase, Dwight no estaba ahí. ¡Y tampoco estaba en el autobús! Y después faltó a la escuela el resto de la semana.

Sin embargo, no nos costó mucho trabajo deducir lo que había ocurrido.

Cuando los de séptimo grado retornaban a su clase después del almuerzo, Dwight saltó desde atrás de un cesto de basura y atacó a Zack.

Zack le dio una buena paliza, por supuesto, pero como todos —incluyendo a una maestra— habían visto que Dwight había comenzado la pelea, lo suspendieron por una semana, mientras que a Zack solo lo suspendieron una tarde dentro de la escuela. Y eso que yo escuché que a Dwight le quedó un gran moretón debajo del ojo derecho.

Muchos chicos me contaron detalles de la pelea, pero no habían logrado escuchar lo que

Dwight le dijo a Zack. Cuando regresó a la escuela, Dwight se negó a hablar del incidente.

Cuando decidí hacer este archivo, sabía que tendría que conseguir un relato directo de la pelea, y eso implicaba hablar con el mismísimo Zack.

Le pedí prestada a Kellen su grabadora y la escondí en el bolsillo. Encontré a Zack antes de entrar a la escuela y grabé esta entrevista:

TRANSCRIPCIÓN DE LA ENTREVISTA A ZACK MARTIN REALIZADA CON UNA GRABADORA OCULTA

P: Solo quería hacerte algunas preguntas sobre tu pelea con Dwight.

R: ¿Qué?

P: Mira, no estoy intentando meterte en problemas. Lo único que quiero es escuchar tu versión de la historia.

R: Como sea.

P: En serio, no estoy tratando de
   meterte en problemas.

R: Está bien.

P: ¿Quién comenzó la pelea?

R: Él.

P: ¿Qué pasó?

R: No sé.

P: Hablé con varios testigos. ¿Es
   cierto que él saltó desde atrás
   de un cesto de basura?

R: Ajá.

P: ¿Dijo, y lo cito textualmente,
   "¡Yo sé karate!"?

R: [Gruñido] Quizá.

P: ¿Luego intentó lanzarte una patada?

R: Justo aquí. [El individuo se se-
   ñala la tibia derecha.]

P: ¿Y qué hiciste?

R: No sé.

P: ¿Es cierto que dijiste, según tus palabras textuales, "¿Estás loco?" y luego lo empujaste?

R: Probablemente.

P: ¿Es verdad que volvió a levantarse y agitó a Yoda Origami en tu rostro?

R: ¿Ese era Yoda?

P: Sí, era el títere de dedo de Yoda hecho con papel plegado.

R: [Risa desagradable]

P: ¿Yoda te dijo algo? O quizá debería cambiar la pregunta: ¿Dwight te dijo algo con voz de Yoda?

R: ¿Se supone que esa era la voz de Yoda?

P: Sí. ¿Te dijo algo?

R: Sí, algo estúpido como: "Si me derrotas, seré más fuerte".

P: ¿En serio? ¿Crees que pudo ser: "Si me derribas, me volveré más fuerte de lo que puedes imaginar"?

R: Puede ser.

P: Es de *La Guerra de las Galaxias*, pero no fue Yoda quien lo dijo, fue...

R: No me importa. [El individuo comienza a alejarse del entrevistador.]

P: Espera. ¿Puedes contarme qué hiciste después?

R: ¡Sí, esto! [El individuo apoya la mano en mi rostro y me estampa contra la pared.]

Decidí dar por terminada la
entrevista en ese instante.

Comentario de Harvey

Bueno, esto realmente prueba que Dwight es un idiota,
y si fue un "consejo" de la Bola de Papel que Dwight
intentara pelear con Zack, entonces eso quiere decir
que la Bola de Papel también es idiota.

Mi comentario: No puedo discutir eso.

¡YO SÉ KARATE!

DWIGHT MANGA

YODA ORIGAMI
Y EL CHALECO DE LANA

POR KELLEN

Ah, esta historia también la voy a grabar.

Es importante que la cuente porque Tommy no estaba ese día y alguien que no haya visto nunca el chaleco no podría describirlo.

Quiero decirles que, normalmente, jamás criticaría la ropa de los demás, porque yo solo uso camisetas de mi colección de cuatro dólares y algunas son bastante estúpidas, razón por la cual cuestan cuatro dólares. Pero a mí me parece que son geniales.

Sin embargo, ese chaleco de lana era tan espectacularmente horrible que nadie podía ignorarlo.

Lo debe haber tejido su abuela o algo así, porque ninguna tienda vendería una prenda semejante.

Lo que más recuerdo es que estaba cubierto de bolitas de lana. Era color verde vómito con una franja negra, pero las bolitas eran rosadas. En la parte delantera tenía unos botones enormes y una gran letra D. Atrás, la figura de un reno anaranjado.

¡Solamente un chico en toda la escuela podía presentarse con ese chaleco de lana!

¡Y, por supuesto, ese chico es Dwight!

Cuando alguien hace algo estúpido, siempre hay otro dispuesto a sacar provecho de ello.

Y, por supuesto, ese chico es Harvey.

—Viejo, ¿qué te pusiste? —exclamó Harvey en voz demasiado alta para la biblioteca.

—Ropa —respondió Dwight.

—Es lo más horrible que he visto en mi vida —repuso Harvey.

—¿Y qué? —comentó Dwight—. ¿Debería quitármelo porque a ti no te gusta?

—Por favor —continuó Harvey—. ¡Me provoca náuseas!

—En serio, amigo —dije—: realmente deberías quitártelo.

Yo solo trataba de ayudar. Tal vez se me escapó una leve sonrisa mientras lo decía.

Dwight se alejó con paso firme hacia otra mesa.

Harvey nunca cree que debe pedir disculpas por nada, pero yo me sentí lo suficientemente mal como para ir detrás de Dwight.

—Ey, lo siento, amigo —le dije, intentando calmar las cosas—. Pero es que ese suéter parece de primer grado. ¿Tu mamá te obligó a ponértelo?

—¡Shhh! Cállate —exclamó Dwight; y se quedó paralizado mirando hacia el frente.

Caroline Broome, la chica de los lápices rotos, estaba entrando en la biblioteca.

Dwight la saludó con la mano. Él nunca había hecho algo así, excepto quizá a ardillas imaginarias o algo por el estilo. Ella le devolvió el saludo.

—¡Santos tallarines! ¡Entonces SÍ te gustaba! —comenté.

Dwight no dijo nada.

—¿Y te pusiste el chaleco para ella?

Las orejas de Dwight se pusieron rojas.

—Dwight, hermano, ¿acaso te has vuelto loco? Escucha, ¿por qué no le preguntas primero a Yoda Origami acerca de estas cuestiones?

—No, gracias —respondió Dwight—. ¿Puedes cerrar la boca?

—Déjame preguntarle —dije—. Yoda Origami, ¿debería Dwight...?

—¡¿Pero por qué no te callas de una vez?! —exclamó Dwight poniéndose de pie de un salto para recoger sus libros, que se le cayeron junto con un montón de lápices.

Levanté uno de ellos; decía "Caroline Broome" y tenía una carita feliz. Creo que todos decían lo mismo. Debía haberlos comprado para reemplazar los rotos.

Dwight me lo arrancó de la mano.

—¡Dámelo, IDIOTA! —gritó.

Hay dos formas de gritar en la escuela. Una es soltar un grito no demasiado fuerte porque no quieres quedar como un tonto o verte rodeado de maestros. La otra brota cuando estás tan enojado que ya no te importa nada. Cuando Dwight gritó "¡IDIOTA!" era del segundo tipo y todos los que se hallaban en la biblioteca alzaron la vista y la señora Calhoun, la bibliotecaria, enfiló hacia nosotros.

SRA. CALHOUN

Pero Dwight en realidad se estaba fijando si Caroline lo miraba y, por supuesto, eso era lo que ocurría, ya que todos estaban haciendo lo mismo.

—¡Genial! Acabas de arruinarlo todo —señaló Dwight.

Salió de la biblioteca pisando fuerte antes de que la mujer llegara, así que yo terminé escuchando su sermón acerca de que los chicos parecen creer que la biblioteca es una especie de patio de juegos.

Luego se acercó Harvey y comenzó a burlarse un poco más del chaleco de Dwight, pero lo ignoré. Y tampoco le conté sobre Caroline ni sobre los lápices.

Cuando comenzó la clase, Dwight ya no llevaba el chaleco. Le pasé una nota que decía que lo lamentaba mucho y él terminó almorzando con nosotros más tarde. Las cosas volvieron más o menos a la normalidad.

Comentario de Harvey

No me hagan quedar como un chico malo porque le dije que el suéter era horrible: le hice un favor.

Mi comentario: Me alegra no haber estado allí.

JENNIFER

YODA ORIGAMI
Y EL CANTANTE MALO

POR JENNIFER (EN UN MENSAJE DE TEXTO)

prgté a Yoda a quién echarían de American Idol & dijo Terrell & adivinó

Comentario de Harvey

¡Qué obviedad! Terrell era malísimo. Todos sabían que lo iban a echar.

Mi comentario: Le pregunté a Dwight si miraba "American Idol" y me dijo que sus padres ya no lo dejaban ver televisión. ¿Entonces cómo podía saber quién era Terrell?

Esto plantea la siguiente pregunta: ¿Yoda Origami puede ver el futuro? ¡Y de eso se trata también la siguiente historia!

TATOOINE
☆IDOL☆

YODA ORIGAMI
Y LA PRUEBA SORPRESA

POR SARA

Humm; dudo si quiero contar esta historia porque todavía estoy un poco confundida. No sé si actué correctamente o no. Pero Tommy insiste en que la cuente, así que aquí va.

Amy, Rhondella y yo estábamos en la biblioteca en nuestra mesa de siempre esperando que comenzara la clase, igual que la última vez, cuando les hablé del Twist.

Tommy y sus amigos se encontraban cerca hablando y haciendo mucho ruido. Levanté la vista y divisé a Dwight haciendo su número de Yoda con su sonrisita. Lo mismo de siempre.

Harvey estaba en medio del griterío diciendo: "Viejo, esto es una estupidez" y "Ustedes están perdiendo lamentablemente el tiempo". ¡Habla tan fuerte! Necesita un calmante permanente o tal vez solo una mordaza.

Unos pocos minutos después, Kellen se acercó y se puso a hablar especialmente con Rhondella –de la cual está enamorado–, pero también con el resto de nosotras.

–¡Chicas, el profesor Stevens va a aplicar una prueba sorpresa sobre las partes de la hoja! ¡Les conviene estudiar!

(El profesor Stevens es el maestro de Ciencias Biológicas. Lo tenemos en la segunda hora.)

–¿Y cómo lo sabes? –preguntó Rhondella.

–Yoda Origami nos dijo.

–¿Tú crees en Yoda Origami? –inquirió Rhondella.

–Totalmente –respondió él–. Me salvó la vida.

–¿Cómo?

–Ehh... es algo personal –dijo Kellen–. Tengo que ir a estudiar para la prueba.

Se marchó y nosotras intentamos decidir qué hacer.

–Me parece que deberíamos estudiar –propuso Amy.

Ella y Rhondella sacaron sus libros de ciencias y los abrieron en la página del diagrama de la hoja, que era lo que habíamos estado estudiando toda la semana.

—No sé, chicas... —comenté—. ¿Esto no sería como hacer trampa?

¡Yo llegué hasta sexto grado sin haber engañado nunca a ningún maestro! Y no quería romper mi récord por una estúpida prueba sobre las partes de la hoja. Además, ya sabía la mayor parte.

—¿Y por qué sería hacer trampa? —preguntó Rhondella.

—Bueno, una prueba sorpresa se supone que tiene que ser justamente eso —afirmé—. Si sabes con anterioridad que habrá una, entonces ya no es sorpresa y es como hacer trampa.

—Pero nosotras no SABEMOS que habrá una prueba —señaló Amy—. Lo único que SABEMOS es que un tarado dice que otro tarado con un títere de dedo dice que habrá una prueba.

—¡Ey!, no llames así a Kellen —se quejó Rhondella.

—¿Por qué? ¿Acaso te gusta? —preguntó Amy.

—Puaj, claro que no, pero no es un tarado.

—Vamos chicas, hablo en serio —interrumpí—. ¿Es hacer trampa? Porque si lo es, no cuenten conmigo.

—Bueno, a menos que te calles de una vez, nosotras tampoco podremos hacerlo, porque solo quedan cinco minutos para que comience la clase —explicó Rhondella—. Epidermis, peciolo, cloroplastos, nervaduras...

Como no logré decidir si era hacer trampa o no, me quedé sentada ahí escuchando a Rhondella y a Amy mientras repetían las partes de la hoja una y otra vez.

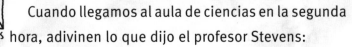

PROF. STEVENS

Después sonó el timbre para ir a clase.

Cuando llegamos al aula de ciencias en la segunda hora, adivinen lo que dijo el profesor Stevens:

—Saquen una hoja: ¡hay prueba sorpresa!

Amy, Rhondella, Tommy, Kellen y yo nos sacamos 10. Estaba segura de que me habría olvidado del peciolo si no lo hubiéramos estudiado justo antes de la clase.

Harvey se sacó 8.5. Kellen dijo que Harvey se negó a estudiar porque estaba completamente seguro de que Yoda Origami estaba equivocado. ¡Y Dwight se sacó 6 porque no escuchó el consejo de su propio títere! ¡MUY EXTRAÑO!

Pero yo me sentí tan mal que decidí ir a hablar con el profesor Stevens después de la clase.

No mencioné los nombres de ninguno de los chicos ni dije nada acerca de Yoda Origami. Solo le expliqué que sabía con anterioridad que haría una prueba sorpresa.

¡Él dijo que no había forma de que lo supiera porque lo había decidido DESPUÉS de que la clase ya hubiera comenzado! Descubrió que se había olvidado de traer la película que iba a mostrarnos y necesitaba algo con lo cual llenar el tiempo; entonces aplicó la prueba sorpresa.

Por eso a mí me parece que el títere de Yoda debe ser algo más que un pedazo de papel. Tuvo razón acerca del Twist y ahora adivinó lo de la prueba sorpresa.

Más tarde le hice una pregunta —que no es asunto de ustedes— ¡y creo que también acertó sobre eso!

Lo que quiero decir es que tal vez Dwight pasó tanto tiempo sentado en agujeros y actuando en forma EXTRAÑA que aprendió percepción extrasensorial o algo así. O quizá Dwight no es tan raro como yo pensaba o es raro de una forma positiva. No lo sé.

omentario de Harvey

⟶ Si la percepción extrasensorial existiera —aunque no es así—, no creo que se pudiera adquirir sentándose dentro de un agujero. Además, el motivo por el cual me fue tan mal en la prueba sorpresa es porque esa semana había faltado dos días porque estuve vomitando. El profesor Stevens me dejó hacer la prueba después y me saqué 9.

Mi comentario: Estoy bastante de acuerdo con Sara. Si Yoda realmente tiene poderes mágicos, entonces eso nos dio una ventaja sobre otros chicos de la clase.

¿Acaso Gandalf no dijo: "Un gran poder implica una gran responsabilidad"? (Si no fue Gandalf, pudo haber sido Thomas Jefferson. O el tío de *El Hombre Araña*).

Bueno, esto me hizo pensar que quizá tenemos que ser más cuidadosos del uso que le damos a Yoda Origami. La siguiente historia muestra que cuando se consulta a Yoda Origami, las cosas también pueden salir mal.

YODA Y EL SECRETO NO-TAN-SECRETO

POR RHONDELLA

Kellen no dejaba de fastidiarme con que le hiciera una pregunta a Yoda.

—Está bien, lo haré si eso te mantiene callado durante diez segundos —exclamé.

Luego, quiso que lo hiciera en ese mismo instante.

Antes de pensarlo dos veces, ya estaba hablando con Dwight, que se hallaba ocupado con su estúpido chasquido de nudillos. Aunque sé que es falso, igual me crispa los nervios.

—¡Dwight! ¡Rhondella tiene una pregunta para Yoda Origami! —anunció Kellen en voz muy alta, lo cual me hizo sentir muy incómoda.

Dwight extendió su dedo, que tenía una cosa verde encima. Yo no vi ninguna de las películas de *La Guerra de las Galaxias*, pero sé cómo es Yoda y creo que esa cosa verde se le parecía un poquito.

—¿La pregunta tuya es cuál? —inquirió Dwight con un graznido.

—¿Qué? —repuse.

—¿La pregunta tuya es cuál? —volvió a graznar Dwight.

—¿Qué le pasa? —le pregunté a Kellen.

—Se supone que debe hacer eso. Así es como habla Yoda, más o menos, aunque yo lo hago mejor. Escucha: "Humm, ¿pregunta tienes tú, humm?". Pero no importa, ahora tienes que hacerle la pregunta.

—Como quieras —repuse.

—Vamos, hazlo, es increíble —comentó Kellen.

Kellen, Dwight y Yoda estaban observándome y entonces me di cuenta de que no tenía nada que preguntar.

—Vamos —insistió Kellen.

Así que dije lo primero que se me ocurrió.

—¿Por qué Kellen está todo el tiempo fastidiándome?

Y Yoda respondió:

—Gustas a él. Besarte quiere.

Y Kellen le dijo algo así como "¡Cállate, viejo!" y lo empujó. Y después Dwight, o tal vez Yoda, comenzó a gritarle a Kellen.

Entonces me marché.

Comentario de Harvey

cualquiera podría haberle dicho lo mismo. ←

Mi comentario: Sí, estoy de acuerdo.

De hecho, no todas las respuestas de Yoda fueron muy "mágicas". Algunas en realidad han sido bastante irritantes. A veces la persona que hizo la pregunta solo dice "Obvio" o "Qué me importa" y se va enojada. Creo que para tratar de decidir si Yoda Origami tiene poderes sobrenaturales, tenemos que considerar esas malas respuestas. En el capítulo siguiente anoté las que logré recordar.

COMENTARIO DE KELLEN:

¡CREO QUE LE GUSTO!

YODA ORIGAMI
Y LAS RESPUESTAS
INSATISFACTORIAS

POR TOMMY

P: Yoda Origami, ¿cómo encuentras
   el lanzador de granadas en el
   Nivel Ártico de Lluvia Mortal?

R: Leer un libro debes tú.

P: ¿Te refieres a un libro de pis-
   tas del juego? ¡Cuesta quince
   dólares!

R: No, un libro como *El Hobbit*.

P: Yoda Origami, siempre tengo el
   pelo alborotado aunque me lo
   peino por la mañana. Los chicos

se burlan de mí y mi mamá me
reprende. ¿Qué debería hacer?

R: Un peinado como Yoda debes tener.

P: ¿Quieres decir pelado?, sin pelo?

R: Sí.

P: Escucha, Yoda Origami: ¿has
visto un video comiquísimo en
YouTube donde Chewbacca baila
con un Jawa?

R: ¿Qué un Jawa es?

JAWA

P: Tú sabes, uno de esos tipos
pequeñitos de la primera película.

R: ¿Qué película esa es?

P: ¡*La Guerra de las Galaxias*!

R: ¿Qué?

P: ¡*El Episodio Cuatro*! ¡*Una Nueva Esperanza*! ¡*La Guerra de las
Galaxias*, viejo!

R: En esa película no estaba yo.

P: Yoda Origami, ¿puedes ayudarme a encontrar mi chaqueta?

R: ¿La última vez que la viste recordar puedes?

P: Yoda Origami, ¿por qué Dwight se mete el dedo en la nariz?

R: Meterse el dedo en la nariz nunca lo hace.

P: Ajá, claro, ¡eso es mentira!

R: No como tú los come, al menos.

Sin embargo, para mí la respuesta más insatisfactoria de todas fue la que recibí a una pregunta MUY importante. Durante mucho tiempo tuve miedo de hacérsela, pero finalmente me decidí a preguntarle a Yoda Origami si yo le gustaba a Sara. Parece saber quién le gusta a quién, y esa era una información que yo necesitaba desesperadamente.

¡EY, TOMMY, DEBERÍAS SEGUIR EL CONSEJO SOBRE EL CORTE DE PELO!

TATER TOT

TATER TOT
VERDADERO

NOTA:
NO ESTÁ
HECHO
A ESCALA.

YODA ORIGAMI
ME DECEPCIONÓ

POR TOMMY

Un día me sentía un ser patético porque Sara había estado charlando demasiado con ese Tater Tot y a mí no me dirigía la palabra.

Hay dos tipos de chicos que pueden recibir un apodo como Tater Tot: los que son completamente inútiles y los que son totalmente perfectos y adorados por todas las chicas. Este Tater Tot pertenece a la segunda clase. (Si yo fuera un Tater Tot, tengo el presentimiento de que sería del primer tipo.)

Durante el almuerzo me preocupé mucho porque Tater Tot estaba utilizando toda su magia tatertosa con Sara.

Después me di cuenta de que solo estábamos Dwight y yo en la mesa, ya que todos los demás habían terminado. Cuando tenemos alguna comida con salsa —como pavo o carne asada—, Dwight toma unos cinco bollos de más y los sumerge en la salsa. Es asqueroso y siempre es el último en terminar porque los demás estamos ansiosos por largarnos de ahí.

—Ey, Dwight: si yo le hago una pregunta a Yoda Origami, ¿me prometes no contárselo a nadie?

—Púrpura.

—¿Qué?

—Púrpura.

—¿Eso quiere decir que sí?

—Púrpura.

—Está bien, ¿puedes afirmar o negar con la cabeza?

Movió la cabeza afirmativamente y extrajo a Yoda Origami.

—Yoda Origami, ¿por qué no le gusto a Sara? —susurré.

"No dice quién gusta de ti ella", respondió Yoda (o Dwight con su horrible voz de Yoda, no importa cuál).

—Espera un momento —dije—, ¿qué quiere decir eso?

—Púrpura —contestó Dwight.

Intenté ordenar las palabras:

¿Ella dice: a quién no le gustas tú?

¿A ella no le gustas tú? ¿Quién lo dice?

¿Quién dice que a ella no le gustas tú?

¿Era eso lo que Yoda quería decir? ¿Estaba sugiriendo que yo me había formado una idea equivocada y que yo sí le gustaba a Sara?

—¿Dice que SÍ le gusto a Sara?

—Púrpura.

—¡Amigo, estoy hablando en serio! ¿Eso es lo que significa?

—Púrpura.

—Viejo, eres insoportable. Déjame hacerle otra pregunta a Yoda.

—No —dijo Dwight devorando el último pedacito de pan y poniéndose de pie para llevar la bandeja.

—Espera. ¿Por qué no?

—Humm... ¿tal vez porque dijiste que soy insoportable? ¿Por qué dejaría que Yoda Origami te ayude si me insultas? Estoy harto de que ustedes siempre me traten mal excepto cuando necesitan hablar con él.

—Lo siento, viejo —repuse—, pero si no repitieras cosas como "púrpura" una y otra vez, quizá nosotros seríamos más amables.

—Pensé que era gracioso.

—Pregúntale a Yoda Origami si es gracioso.

Le preguntó.

"Gracioso no es", respondió Yoda.

—¿Ves? —exclamé—. Si escucharas más a Yoda Origami, entenderías lo raras que son a veces las cosas que dices. Si hicieras lo que él aconseja, dejarías de parecer tan extraño.

Dwight no dijo nada. A esas alturas ya habíamos dejado las bandejas y nos dirigíamos a los lockers cuando sonó el timbre que advierte que falta un minuto para clase.

—¿Entonces sí puedo hacerle otra pregunta a Yoda Origami? —insistí.

—Azul —dijo Dwight y se alejó.

Salí corriendo detrás de él mientras le gritaba: "Yoda, ¿yo le gusto a ella?".

Comentario de Harvey

A mi entender, aquí no sucedió absolutamente nada "mágico", salvo Tommy haciendo el ridículo mientras gritaba "Yoda, ¿yo le gusto a ella?", lo cual es mágicamente patético.

Mi comentario: Está bien, seré patético, pero al menos yo le gustaba a una chica. Tal vez sí. Tal vez no. Como pueden ver, estaba súper confundido. Era fundamental que hablara con Yoda Origami lo antes posible.

LA TRÁGICA MUERTE DE YODA ORIGAMI

 POR TOMMY

Así que al día siguiente, durante el almuerzo, yo seguía intentando que Yoda Origami me explicara qué había querido decir sobre Sara, pero Dwight continuaba repitiendo "Púrpura".

Estaba cada vez más enojado, así que le dije:

—Yoda, ¿por qué no haces que Dwight deje de comportarse como un tonto?

Apenas lancé la frase, me sentí mal. Dwight se negó a aceptar mis disculpas y ¡se volvió loco!

—¿Quieres que deje de ser un tonto? Entonces me parece que es mejor que me deshaga de esto.

Y se arrancó a Yoda Origami del dedo y lo hizo una bola de papel.

—¿Qué haces? —grité.

—Tengo que dejar de portarme como un tonto. Tengo que ser normal —dijo Dwight—. Es mejor que arroje esto a la basura.

—Vamos, Dwight —intervino Kellen—, tranquilízate un segundo.

Pero Dwight fue hacia el cesto de la basura y lanzó a Yoda Origami. Después regresó, se volvió a sentar y siguió comiendo su almuerzo.

—¡Aleluya! —exclamó Harvey—. Gracias a Jabba esto se ha terminado. Quizá ahora ustedes tres dejen de ser los tontos más grandes de toda la escuela.

—Entonces quedarías tú como el mayor de todos —agregó Kellen.

Corrí hacia el cesto de la basura para recuperar a Yoda Origami, que había aterrizado en medio de unas papas con salsa de tomate. Traté de limpiarlo y acomodarlo en su forma original, pero no lograba descifrar la manera de hacerlo. Identifiqué cuáles eran las orejas, pero el resto de su figura se había desarmado.

¡OH NO! ¡PAPAS CON SALSA DE TOMATE!

—Vamos, Dwight —le pedí—. Dóblalo nuevamente. Siento mucho haberte dicho que eres un tonto.

—Púrpura —fue todo lo que dijo, mientras yo seguía tratando de volver a Yoda a su forma original.

Luego se acercó una chica llamada Lisa. En general, nunca nos dirige la palabra, pero ahora le pidió a Dwight si podía hacerle una pregunta a Yoda Origami.

—Yoda está muerto —anunció Dwight y comenzó a sollozar. Y lloraba de verdad.

Lisa solo dijo "bueeeno" y se marchó.

—¿Acaso no puedes hacer uno nuevo? —preguntó Kellen.

—No recuerdo cómo lo hice —sollozó Dwight. Después lloró hasta el final del almuerzo.

Comentario de Harvey

El Mejor Almuerzo de Mi Vida.

Mi comentario: No hay duda de que las palabras de Harvey son irritantes. ¡Pero la cosa no concluyó ahí! ¡Ahora exige tener su propia sección! Todas sus afirmaciones no solo carecen de base científica sino que además son puras mentiras.

EL VERDADERO YODA ORIGAMI

POR HARVEY

Diablos, no sé qué fue peor: si Dwight lloriqueando por la Bola de Papel o Tommy tratando de quitarle la salsa de tomate. Tengo que conseguirme amigos menos ridículos.

De todas maneras, la "trágica" pérdida de la Bola de Papel me dio una idea. ¿Por qué no hacer mi propio Yoda origami de verdad?

Así que entré en Internet y busqué "Yoda origami" en *Google*. Existen toneladas de páginas con instrucciones de cómo hacer uno.

¡Imprimí las indicaciones, conseguí un poco de papel e hice uno que supera ampliamente al de Dwight! Fue muy difícil y tuve que resolver algunas cuestiones complicadas, pero este es mil veces mejor. Lo que quiero decir es que realmente es igual a Yoda.

Entonces lo llevé a la escuela para mostrarle a Tommy cómo es un verdadero Yoda.

—¡Guau, es increíble! —exclamó Tommy—. Se nota que eres un experto.

➡ —Es mil veces mejor que el de Dwight —comentó Kellen.

—Sí, ya lo sé —reconocí—, y también da mejores consejos.

—¿Da consejos? —preguntó Tommy—. ¿Como el de Dwight?

—No, no como el de Dwight. ¿Acaso no escucharon que les dije que sus consejos son mejores?

—Bueno, déjame probar —pidió Kellen.

—No, probar no. Hacer... o no hacer. No se puede probar —dije, en una perfecta imitación de Yoda.

➡ —¡Guau! Esa es todavía mejor que mi imitación —afirmó Kellen—. Está bien... a ver... humm, Yoda, ¿cuál es la combinación de mi casillero?

Es una pregunta estúpida —dije—. Eso no es un consejo sino simplemente un número. El Yoda de Dwight tampoco podía responder algo así. ¡Pregúntame algo bueno!

—Está bien —dijo Kellen—. ¿A Sara le gusta Tommy?

—¡CÁLLATE, VIEJO! —gritó Tommy.

—Pero, vamos —dijo Kellen—. Tú sabes que eso ibas a preguntarle al Yoda de Dwight antes de que lo aplastara.

—¿Puedes callarte? —insistió Tommy.

—Yoda tiene una respuesta para ti —anuncié.

—Bueno —dijo Tommy—, ¿qué dice? ¿le gusto a Sara?

—Ella odia te —dijimos Yoda/yo—. Se ríe con sus amigas de ti.

¡Deberían haber visto la cara de Tommy! Para colmo, justo en ese instante, Sara y todas las amigas de su mesa se echaron a reír... de Tommy, probablemente. En ese momento, hasta yo mismo casi creí en Yoda origami.

—Lo siento —le dije a Tommy—. Si hubiera sabido que él iba a decir eso, habría tratado de suavizarte el golpe.

Mi comentario: Sí, claro. ¿Suavizarme el golpe? A Harvey le pareció graciosísimo.

Y para que conste, yo nunca dije: "Se nota que eres un experto" cuando vi el Yoda de Harvey. De hecho, todo lo que Kellen y yo supuestamente dijimos acerca de su Yoda es mentira. Además, lo único que Harvey hizo fue copiar las instrucciones: en cambio Dwight inventó su propio Yoda Origami.

Sin embargo, para ser totalmente sincero, debo admitir que el Yoda de Harvey estaba bastante bien hecho y su voz de Yoda era mucho mejor.

Realmente dudé de que ese Yoda tuviera poderes especiales, pero temía que Harvey estuviera en lo cierto. También tengo la sensación de que Sara y sus amigas siempre andan susurrando y riendo cuando estoy cerca.

Pero antes de que pudiera seguir reflexionando sobre eso, algo muy raro sucedió...

EL DUELO DE LOS YODAS ORIGAMI

POR TOMMY

—Equivocado Harvey está —exclamó una voz chillona—. Tú a ella le gustas. Mucho.

Al darnos vuelta, ¡nos encontramos con Dwight y su Yoda Origami!

Yo estaba triplemente sorprendido al ver a Yoda, descubrir que Dwight había vuelto a hablarnos y enterarme de que su Yoda Origami pensaba que yo le gusto a Sara.

—¿Dónde conseguiste eso? —preguntó Kellen.

—Me desperté esta mañana y recordé cómo había hecho el primero. Creo que debo haberlo recordado durante el sueño.

—Caramba —repuso Harvey, agitando su Yoda en la cara de Dwight—. Qué lástima que no pudiste soñar uno tan bueno como este.

Dwight miró al Yoda de Harvey.

—Ah, sí, me parece que hiciste el Yoda Van Jahnke. Es uno de los mejores modelos de Yodas plegados *online* —dijo Dwight—. Yo hice uno de esos una vez.

—FALSO —exclamó Harvey—. Este es mucho mejor que el tuyo.

—No está nada mal —señaló Dwight, que se veía de pronto inusualmente cuerdo—, pero si aceptas la crítica constructiva, trata de perfeccionar los pliegues. Eso hará que las esquinas queden mejor definidas.

—¡No me digas! —comentó Harvey—. ¿Y qué te parecen estos pliegues? —preguntó mientras intentaba estrujar al Yoda de Dwight.

Kellen y yo se lo impedimos. Ahora que Yoda Origami había regresado, no íbamos a permitir que lo arruinara otra vez.

—Cálmate, Harvey —dijo Kellen—. Los dos son buenos.

—No —repuso Harvey—, el mío es infinitamente mejor, pero ustedes se niegan a admitirlo.

PLIEGUE BIEN HECHO

PLIEGUE MAL HECHO

"A descubrirlo nosotros vamos", exclamó el Yoda de Dwight. "Un duelo de Yodas habrá".

—¿Cómo podrían batirse a duelo? —preguntó Harvey.

—Ambos tendrían que responder a la misma pregunta y luego nosotros veríamos quién tiene razón —explicó Dwight.

—Está bien. ¿Cuál es la pregunta? —inquirí.

—Ya tenemos la pregunta. Y las respuestas —indicó Kellen—. El Yoda de Harvey dice que Sara odia a Tommy...

—¡SHHH! —masculé—. ¿Puedes callarte, por favor?

— ...mientras que el Yoda de Dwight afirma que a Sara le gusta Tommy —prosiguió Kellen—. ¡Ahora tenemos que descubrir cuál tiene razón!

—¿Qué quieres decir? —pregunté, aunque ya lo sabía.

—Tommy tiene que ir a la Noche de Fiesta de la APM y sacar a bailar a Sara. Si ella dice que sí, entonces gana Dwight. Si dice que no, gana Harvey.

—Humff —resopló Harvey—. Acepto la apuesta. Por primera vez, una Noche de Fiesta de la

APM será realmente divertida... de hecho, debería ser alucinante.

—Bueno, ustedes pueden ir —dije—, pero yo no lo haré.

—Vamos, Tommy —insistió Kellen—, te has pasado todo el año pensando en eso. ¿Por qué no averiguarlo de una vez? Además, tú le crees al Yoda de Dwight y no al de Harvey, ¿no es cierto?

Le eché una mirada a Dwight.

—Ahora, hablando en serio, ¿estás seguro? —pregunté.

"Seguro estoy yo", dijo el Yoda de Dwight.

—Hermano —comentó Harvey—, ¡esa es la peor imitación de Yoda del mundo! Por un lado, Yoda hubiera respondido: "Seguro yo estoy", y por el otro...

—Chicos, ¿pueden callarse un segundo y dejarme pensar? —exclamé.

—Claro —respondió Harvey—. En realidad, te voy a dar más de un segundo. Pero tendrás que decidirte tarde o temprano, porque la Noche de Fiesta es este viernes.

Comentario de Harvey

cambié de opinión. creo en Yoda origami... ¡MI Yoda origami!

Mi comentario: ¡Qué gracioso!

TRATANDO DE RESOLVER EL EXTRAÑO CASO DE YODA ORIGAMI

POR TOMMY

Muy bien, acabo de terminar de re-re-releer los documentos del archivo.

Todavía no logro decidirme. En algunas de las historias, Yoda parece ser totalmente sabio. Pero a veces Harvey también dice cosas razonables.

Viejo, es imposible elegir. Esto se ha convertido en algo más importante que simplemente preguntarle a una chica si quiere bailar conmigo... aun cuando se trate de Sara, en quien no he dejado de pensar desde que comenzó la escuela.

No preguntarle a Sara si quiere bailar sería básicamente como decir que el Yoda de Harvey es mejor que el de Dwight y que Harvey siempre tuvo la razón. Estaría prefiriendo a Harvey y no a Dwight.

Y, francamente, ya estoy harto de que Harvey se pase el día criticando todo y a todos. Sí, ya sé que yo también estuve haciendo lo mismo. Como cuando dije que Dwight era un tipo raro y tonto. Aunque eso ya se ha vuelto aburrido. Muy aburrido.

Pero que Harvey se haya puesto fastidioso no significa que no tenga razón. De hecho, es posible que esté en lo cierto. Lo único que está diciendo es que una chica realmente linda no quiere bailar conmigo. Lo cual, en general, es bastante probable.

Mientras tanto, Dwight me está pidiendo que me arriesgue mucho. Es cierto que ahora comenzó a caerme bastante bien, pero eso no significa que tenga que humillarme para apoyarlo, ¿no?

Y de todas maneras, ¿por qué debería hacerle caso a Dwight? Es decir: se trata del mismo tipo que me gritaba "púrpura" hace solo un par de días. El mismo que escupió en los pastelillos de mi cumpleaños, se aprieta los nudillos, se sienta en pozos Y ADEMÁS anda por todos lados con un títere de dedo.

Pero eso me lleva otra vez al comienzo: ¿Yoda Origami es SOLAMENTE un títere de dedo o detrás de él se esconde algo más importante? ¿La Fuerza, tal vez? Cuando leo estos casos, me parece que es real, pero ¿y si estoy equivocado?

Quiero creer en Yoda Origami. Pero si resulta un fiasco, el castigo será terrible.

Sé que dije que esto se había convertido en algo más importante que preguntarle a una chica si quiere bailar conmigo pero, pensándolo bien, sí se trata de eso y es algo que nunca he hecho.

Tal vez no lo haga bien. O quizá no sea importante porque en verdad nunca tuve una oportunidad. Sería horrible que me acercara a Sara, me dijera que no y luego se riera con Rhondella y Amy. Entonces Harvey se burlaría de mí por toda la eternidad.

Sería mucho más seguro quedarse sentado en el escenario. Pero y si...

Dios mío, la mamá de Kellen acaba de llegar. Ella nos llevará a la fiesta de la escuela. Es hora de ir y todavía no he logrado decidirme. ¿Qué voy a hacer?

LO QUE SUCEDIÓ A CONTINUACIÓN

POR TOMMY

Acabo de regresar de la fiesta. Aunque es tarde, tengo que escribir todo ahora mismo.

La mamá de Kellen nos dejó en la escuela y entramos. Kellen y yo nos dirigimos al escenario. Harvey ya estaba allí, por supuesto, pero no logré ver a nuestros acompañantes de siempre. Busqué a Sara entre la multitud que bailaba. Claro que sí, ahí estaba ella. En realidad, había estado deseando que no apareciera para ahorrarme ese gran lío.

Al observarla, pensé que no me atrevería a invitarla a bailar.

Una cosa es que Yoda Origami te diga que NO debes sacar a bailar a una chica en la Noche de Fiesta de la APM, porque entonces solo tienes que quedarte sentado sin hacer nada y puedes comprobar si tuvo o no tuvo razón.

Pero es muy distinto que Yoda te diga que DEBERÍAS sacar a bailar a una chica y tú realmente tengas que hacerlo. Eso no es tan fácil.

Y es todavía más difícil cuando existe otro Yoda origami —el cual debo reconocer que suena mucho más parecido a Yoda— que te dice que la chica te odia y se ríe de ti.

Sin embargo, lo más difícil de todo es cuando te encuentras en la fiesta con la música a todo volumen, un montón de chicos saltando en el centro de la cafetería y tú estás apoyado contra el escenario con una pandilla de tipos que siempre fueron espectadores y nunca invitaron a bailar a una chica y además no saben bailar y Sara está bailoteando con sus amigas —gracias al cielo no con un chico— y es, por mucho, la más hermosa de toda la fiesta y, para

¡ALUCINANTE! EN LA ESCUELA MCQUARRIE YA LLEGÓ

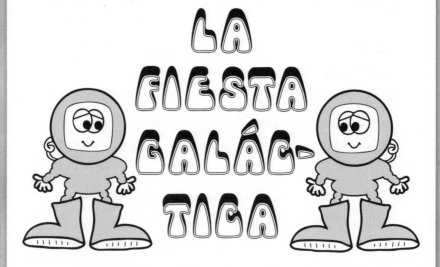

LA FIESTA GALÁC-TICA

¡PREPÁRENSE PARA UNA NOCHE DE DIVERSIÓN EXTRATERRESTRE!

DÓNDE: LA MÚSICA EN LA CAFETERÍA Y EL BÁSQUETBOL EN EL GIMNASIO
CUÁNDO: VIERNES 4 DE MAYO A LAS 7
CUÁNTO: 2 DÓLARES O UNA LATA DE COMIDA ENVASADA

hacer eso que debes hacer, tendrás que caminar por la pista y hacerle la pregunta delante de sus amigas mientras todos tus amigos te observan desde un costado.

¿Realmente iba a pasar por todo eso solamente porque un chico con un títere de dedo de papel dijo que debía hacerlo?

Decidí no seguir adelante.

Luego la música se detuvo unos instantes y Sara y sus amigas se quedaron hablando en medio de la multitud. *Quizá vaya*, pensé. Después la música volvió a comenzar y pensé que sería mejor esperar.

—Ve a sacarla a bailar —exclamó Kellen.

—A tu perdición vas —dijo el Yoda de Harvey—, pero ir debes.

Decidí postergar la situación.

—¿Dónde está Dwight? Quiero preguntarle una vez más antes de hacerlo.

—No sé dónde está Dwight —repuso Kellen—, pero no se pierdan lo que está sucediendo junto a la mesa de los bocadillos.

Dirigimos la vista hacia allí: Lance y Amy conversaban mientras se movían al compás de la música.

—¡Y miren eso! —gritó Kellen, señalando hacia el centro del gimnasio—. Son Quavondo y Cassie. ¡Y están bailando!

—¡El mundo se ha vuelto loco! —resopló Harvey.

—Observen el escenario —señaló Kellen—. Está vacío; solo quedamos nosotros. Hasta Mike está bailando.

Eché un vistazo hacia donde apuntaba.

—¿Con Hannah? ¿Cómo sucedió eso? ¿Qué pasó con su novio gigantesco?

¿Aquello era posible? ¿Yoda Origami había cambiado nuestras vidas?

Y después ocurrió un hecho aún más extraño. Un suceso que ningún ser humano habría podido predecir. La multitud de bailarines se separó en dos y allí, en el centro de la cafetería, ¡estaba Dwight bailando con una chica! Era Caroline, la de los lápices rotos.

—¡Demonios! —exclamamos Harvey, Kellen y yo al mismo tiempo.

Como podrán imaginar, Dwight bailaba muy mal, pero a Caroline no parecía preocuparle. Los dos lo estaban pasando muy bien.

—¿Acaso se volvió loca? —se burló Harvey.

Pero yo sabía que no estaba loca. De repente, las cosas estaban muy claras.

—No —comenté—. ¿No lo comprendes? ¡Fue Yoda Origami! ¡Este era su plan!

—¿Qué plan?

—¡Yoda Origami sabía que si Dwight recibía una paliza peleando con Zack Martin para defender a Caroline, ella se enamoraría de él! Por una vez, Dwight debe haber seguido los consejos de Yoda Origami.

—¿Ese fue su consejo? ¿Dejar que un gorila le pegara? Maravilloso —dijo Harvey.

—Pero funcionó —agregó Kellen.

Todo esto me estaba trastornando el cerebro. ¿De quién había sido la idea de que Dwight se peleara con Zack? ¿De Yoda o del propio Dwight? ¿O ambos eran el mismo?

Luego, eso me hizo pensar en algo todavía más alucinante.

¿Están preparados para lo que viene?

Muy bien, aquí va: ¿y si todo esto de Yoda no fue más que un truco de Dwight para lograr un poco de atención? Es cierto que por momentos quedó como un estúpido, pero como dijo Kellen: "¡Funcionó!". No solo logró que le prestáramos atención nosotros y un montón de chicos que normalmente lo ignoraban, ¡sino que también consiguió una chica que quisiera bailar con él y tal vez se convierta en su novia! Eso es algo que cualquiera hubiera considerado imposible.

Pero si se trató de un truco, fue algo totalmente genial y ¿cómo habría podido saber Dwight que iba a funcionar si Yoda Origami no se lo dijo? Y si él se lo dijo, entonces no fue un engaño.

A esas alturas estaba completamente confundido.

La canción terminó y Dwight y Caroline se acercaron a nosotros. ¡TOMADOS DE LA MANO!

—¿Y? —preguntó Dwight—. ¿Ya la invitaste a bailar?

Por una vez no estaba comportándose como un demente o repitiendo "púrpura" o actuando en forma extraña, pero yo habría deseado que no volviera a sacar el tema. Esperaba que todos se olvidaran de que debía preguntarle a Sara si quería bailar conmigo.

—Estaba pensando en esperar a la próxima Noche de Fiesta —contesté.

Dwight soltó la mano de Caroline, hundió la mano en el bolsillo y sacó a Yoda Origami.

—¿Todavía no tú crees? —preguntó sacudiendo tristemente su cabecita de papel de un lado a otro.

¿Que si no creía? Odiaba afirmar que era así. Pero todo lo que me había ocurrido en la vida que involucrara chicas confirmaba que el Yoda de Harvey tenía razón: Sara me diría que no y todos se reirían de mí. Harvey sería el que se reiría con más ganas y continuaría haciéndolo durante veinte años más.

Además, si todo era una farsa, ¿por qué debía escuchar a Yoda? Quizá también Dwight solo quería burlarse de mí.

Sin embargo, por alguna razón yo no creía que fuera un engaño o una farsa. Miren cuánta gente siguió los consejos de Yoda Origami y ahora estaba disfrutando por primera vez de una Noche de Fiesta.

Eso parecía todavía más imposible que un títere de dedo con poderes mágicos.

Tal vez yo fuera un estúpido, pero sí creía. Ahí estaba sucediendo algo que iba más allá de un engaño y quería ser parte de él, ya fuera magia, suerte, la Fuerza o cualquier otra cosa.

Y decidí que, aun cuando Sara me rechazara, prefería estar del lado de Dwight que del de Harvey. Dwight es extraño, pero supongo que había empezado a caerme bien y odiaba tener que fallarle. Por algún motivo, no me importaba fallarle a Harvey.

—Voy a hacerlo —anuncié—. Es decir, ahora mismo. La voy a sacar a bailar ahora mismo.

Harvey se rio, pero Dwight me dirigió una gran sonrisa y me pareció notar que Yoda Origami también sonreía.

—¿En serio vas a hacerlo? —preguntó Dwight.

—Sí —respondí.

—Muy bien, entonces déjame decirte algo, Tommy —agregó Dwight y me habló al oído—. En este caso, Yoda no tuvo que hacer uso de la Fuerza. Él lo sabe porque hace una semana Sara le preguntó por ti. Quería saber si ella te gusta tanto como tú le gustas a ella.

—¿Qué le respondiste? —le susurré.

—Bueno, Yoda le aconsejó que viniera a esta fiesta y lo averiguara por sí misma.

Levanté la vista. Sara nos miraba a Dwight y a mí y luego me sonrió.

¡Alabado sea Jabba the Hutt! No tenía mucho tiempo para seguir reflexionando si Yoda era real o no. Salté del escenario y me dirigí hacia ella.

Parecía un sueño. ¡Todo era perfecto! ¡Finalmente iba a ocurrir!

—Hay un pequeño detalle —dijo Harvey—. ¡No sabes bailar!

Me paralicé. Tenía razón.

—¡Ja, ja!, ¡idiota! Te pasaste todo este tiempo preocupándote por si la invitabas a bailar o no, y ¡nunca te pusiste a pensar en lo que sucedería si ella te decía que sí! Qué...

Miré a Dwight, desesperado.

Él levantó a Yoda Origami, que me dijo:

—Que la Fuerza... te acompañe.

En ese mismo momento, brotó una voz atronadora de los altoparlantes.

—¡Vamos todos a bailar el Twist!

Cuando la canción comenzó, la mayoría de los chicos de la fiesta miraron a su alrededor con expresión de que algo olía mal. No tenían la menor idea de lo que era. Quizá ni siquiera pensaban que era música. Era obvio que no sabían cómo se bailaba.

Pero nosotros sí.

En un instante todos estábamos bailando el Twist. Dwight y Caroline, Cassie y Quavondo, Lance y Amy, Mike y Hannah... hasta Rhondella y Kellen. ¡Rhondella y Kellen! ¿Pueden creerlo?

Y sin haber tenido que hacer la pregunta, Sara y yo estábamos juntos moviendo las rodillas y tratando de bailar el Twist mientras nos tomábamos de la mano —lo cual no es sencillo— y nos moríamos de risa.

Sin comentarios.

Comentario de Harvey

CÓMO HACER UN YODA DE ORIGAMI

POR TOMMY

Le supliqué a Dwight varias veces que me enseñara a hacer un Yoda Origami. Cuando por fin lo hizo, no entendí nada. Solo me salió un muñeco deforme. Entonces me ayudó a hacer uno más simple. Para empezar, usen un rectángulo. La mitad de la mitad de una hoja de papel es suficiente. Si pueden conseguir un papel que tenga una parte verde, comiencen con esa parte hacia abajo, así los pies y la cabeza de Yoda quedarán de ese color. Hay que dibujarle la cara, pero es muy divertido y tiene mejor aspecto que aquella figura amorfa. Kellen dibujó los distintos pasos para que no nos olvidáramos cómo se hace. Aquí están...

¡CÓMO HACER
¡TU PROPIO
YODA
ORIGAMI!
POR DWIGHT,
TOMMY Y KELLEN

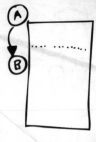

DOBLAR
HACIA ABAJO
UN POCO MENOS
DE 2 CM.

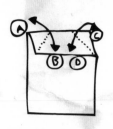

DOBLAR ESTAS LÍNEAS
VARIAS VECES
PARA LOGRAR
UN BUEN PLIEGUE.

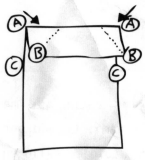

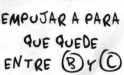

¡ESTA ES LA PARTE
DIFÍCIL!
EMPUJAR A PARA
QUE QUEDE
ENTRE Ⓑ Y Ⓒ

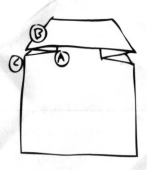

DEBERÍA QUEDAR ASÍ.
LAS SOLAPAS SERAN
LAS OREJAS DE YODA.
AHORA HAY
QUE VOLTEARLO.

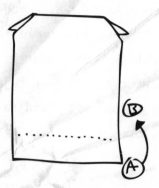

DOBLAR
HACIA ARRIBA
UNOS 2.5 CM
DESDE EL EXTREMO
DE ABAJO.

HACER UN NUEVO PLIEGUE MUY CERCA DEL ANTERIOR

A: ESTO FORMARÁ UN ZIGZAG.

AHORA VOLVER A DARLE VUELTA.

DOBLARLO HACIA ARRIBA POR LA LÍNEA PARA QUE (A) QUEDE EN MEDIO DE LA CABEZA DE YODA.

DOBLARLO HACIA ABAJO.

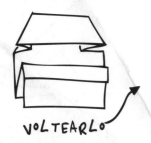

VOLTEARLO

DOBLAR TODAS LAS CAPAS
HACIA EL CENTRO...

DE ESTA MANERA.

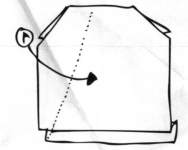

NO SE PREOCUPEN
SI LOS COSTADOS
ESTÁN UN POCO
DESPAREJOS.

REPETIR
DE ESTE LADO.

DOBLAR LAS OREJAS
HACIA AFUERA.

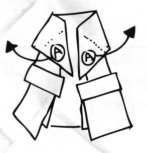

DOBLAR
EL EXTREMO
DE LA CABEZA
HACIA ABAJO.
(UN POCO DE CINTA
ADHESIVA AQUÍ
ATRÁS AYUDARÁ.)

VOLTEARLO

ARRUGAR
LAS OREJAS.

(SI YODA TIENE ALGUNOS
PIES DE MÁS, DOBLARLOS
PARA QUE QUEDEN OCULTOS.)

¡AQUÍ
ESTÁ
YODA!

AGRADECIMIENTOS

Cineastas: George Lucas, Ralph McQuarrie, Stuart Freeborn, Wendy Midener, Nick Maley, Gary Kurtz, Irvin Kershner, Frank Oz, Lawrence Kasdan y tantos otros que hicieron que el verdadero Yoda fuera real.

Expertos en origami: Akira Yoshizawa, Robert Lang, Paul Jackson, Hiro Asami y Fumiaki Kawahata, creador de un Yoda origami particularmente famoso.

Gente genial: Cece Bell, Charlie y Oscar, Raymond Loewy, George y Barbara Bell, los Hemphills, Madelyn Rosenberg, Steve Altis, Linda Acorn, Farida Dowler, Ken Leonard, la Kidlitosphere, Will y Rhonda, Kids In The Valley Adventuring, Sean y la comunidad diabolo.ca, Cindy Minnick, Paula Alston y Co., Lolly Rosemond, la señora Doughty, la señora Campbell, Caryn Wiseman, Susan Van

Metre, Chad W. Beckerman, Melissa Arnst,
Scott Auerback, Jason Wells, el Gran Wastoli,
Sam Riddleburger, Carol Roeder y Van
Jahnke, el tipo que hizo que todo esto fue-
ra posible.

   Y muchas gracias al profesor Randall por
las lecciones de computación, de física y
de vida.

ACERCA DEL AUTOR

Yoda le dijo a Tom Angleberger: "Escribir esta novela debes". Mucho antes de seguir su consejo, Tom buscó trabajo como artista en un periódico pero, por error, fue asignado a un puesto de redacción. Quince años después, sigue allí, actualmente como columnista del *Roanoke Times* en Roanoke. Vive con su esposa en Christianburg, Virginia.

Puedes visitarlo en www.origamiyoda.com

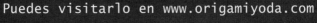

Melissa Arnst se encargó del diseño de este
libro y Chad W. Beckerman de la dirección
de arte. El texto principal fue compuesto
en Lucida Sans Typewriter (10 puntos). La
tipografía que se utilizó para los anuncios
es ERASER. Los comentarios de Tommy están en
Kienan y los de Harvey están compuestos
en GoodDog. Los caracteres y dibujos de la
cubierta los hizo Jason Rosenstock.

Y no te pierdas la continuación
de *El extraño caso de Yoda Origami*,
con Darth Papel.

Síguenos en:
facebook.com/yodaorigami

¡TU OPINIÓN ES IMPORTANTE!

Escríbenos un e-mail a
miopinion@vreditoras.com
con el título de este libro
en el "Asunto".

CONÓCENOS MEJOR EN:

www.vreditoras.com